小説

クリスマスローズの殺人

柴田よしき

祥伝社文庫

目次

『Vヴィレッジに関する考察』

——政府極秘ファイルの一部と思われる、何者かによって
インターネットに流された文章——

Vヴィレッジは存在する。そしてVヴィレッジの出身者はみな吸血鬼である。つまり、吸血鬼は存在する。

しかし一口に吸血鬼といっても、世界中に吸血をする怪人や種族、未知の生物の伝説、伝承などは数多く、どのタイプをもって標準とするかは諸説あることと思う。Vヴィレッジ出身の吸血鬼については、その狂暴性を除いてはほぼ、一般的にヴァンパイアと呼ばれたり、ドラキュラ伯爵の物語として語られているあの手の吸血鬼と同じであると考えていただいてよいと思う。つまり、基本的には夜行性で、不老不死に近いほど成長が遅くて寿命が長く、仮死状態で長期間眠ることができ、鏡に姿が映らず、普通の人間の血を吸うと吸われた人間は多くが死ぬが、稀《まれ》に生き残って同じ吸血鬼へと変態する。ちなみに、ニン

ニクと十字架には確かに弱いが、この点は、Vヴィレッジを出て一般社会で生活している者の多くが慣れによって弱点を克服し、ごく短時間なら十字架を身につけることもできるし、ニンニクの入った餃子を食べることも可能である。

また夜行性の特徴に関しても、一般社会に適応するため、完全な夜行性ではなく、夜型の生活習慣、という程度に緩和された状態で生活する者も多い。従って、猫を想像してもらえれば理解が容易になると思うが、常時寝不足に近い感覚を抱いていて、昼夜を問わず暇があれば寝てしまうという副作用を示している者もいる。またこれも猫同様、一日の内でもっとも活発に活動できるのは、未明と薄暮時という、昼夜の境目の時間帯である。

なお、ヴァンパイアの食生活については多説あるが、Vヴィレッジ在住の吸血鬼種族に関して言えば、世間の認識とはかなりのずれがある。彼らはどちらかと言えば菜食を好み、特に村特産のトマトジュースをこよなく愛飲している。他に、新鮮な薔薇《ばら》の花も好物とする者が多い。Vヴィレッジ出身で一般社会で生活している者たちは食べ物の好みも多岐にわたり、ほとんど雑食になっている者が多いが、トマトジュースだけは皆、好んでいるとの噂である。いずれにしても、吸血は栄養補給目的で行われることはほとんどなく、もっぱら老化に対する予防などの各種治療や、求愛を目的として行われる。

付加事項として。Vヴィレッジ出身の吸血鬼種族は、そのままの状態では、たとえ黒いマントを背中につけていても空は飛べない。コウモリや黒猫などへの変態は可能な者と不得手とする者がある。新月の夜は男女共に性欲が高まり、フリーセックスに耽溺するが、それ以外の時はセックスに関心を示さず、従って繁殖力は極めて弱い。心臓に杭を打たれると消滅する。

プロローグ

「うーん」

死体を見た飯塚《いいづか》は、どうリアクションしたらいいのか自分でもわからないまま、ただ、唸《うな》った。

これで三人目。


畳の床の上一面に散らばっている花の名を、今ではちゃんと知っている。学術名ヘレボラス、別名クリスマスローズ。最初の遺体と共にその花を見た時には、花の名前などには何の興味もなかったので、おや、椿《つばき》が撒《ま》いてあるぞ、と呟《つぶや》いてチームの若手から失笑を買った。今でもその花は、飯塚の主観ではどう見てもローズ、つまり薔薇《ばら》には似ていない。冬に咲く花は多くないので、この季節のクリスマスローズは花屋でも人気商品であり、また、園芸品種としては種類も多く花色も様々なことから、栽培するのがブームになっていると知ったのは、捜査会議で花の出所についての報告があった時だった。遺体の周囲に撒かれていたクリスマスローズは白い花で、花屋ではいちばんよく売れる種類だった。

だがその時点では、まだ連続殺人事件にはなっていなかった。

遺体の周囲に花が撒かれていたことは、犯人に直結する可能性が高い事実として、報道陣には伏せられた。従って、二件目の事件が起こった時、それを模倣犯の仕業と考える者はいなかった。二人目の被害者の周囲にも、白いクリスマスローズの花が撒き散らされていたのである。

両件とも、殺害方法は絞殺。凶器は遺体の首に巻かれたまま残されていた荷造り用のビニール紐《ひも》。量産品で関東一円のホームセンターや文具店などで売られており、そこから犯人にたどり着くことはほぼ不可能。犯人のものと思われる遺留品は他には皆無。指紋も毛髪もなし。

しかし、花束にすればひと抱えほどもあるだろう白いクリスマスローズを買った客の割り出しならば可能なはずである。花の寿命は数日。犯行のあった日を含めて一週間以内に白いクリスマスローズを大量に買った客の洗い出しに、捜査本部は賭けていた。なぜなら、一人目と二人目の被害者の共通点がいくら調べても出て来なかったからだ。

人海戦術は日本警察の得意技である。関東一円の花屋や、クリスマスローズの栽培農家、愛好家などを虱潰《しらみつぶ》しに当たっていく。少しでも犯人に結びつきそうな情報は徹底して洗われた。最初の事件発生から今日でちょうど二十日。

嫌な予感がしたのは、朝、髭を剃《そ》ろうとして掌《てのひら》に絞り出した髭剃りフォームが、短大生の娘の無駄毛処理のための脱毛フォームだった、と気づいた時だった。何日も捜査本部に寝泊まりが続き、久しぶりに自宅に戻って妻の豪快ないびきを懐かしく子守唄代わりに聞きながら眠った翌朝に、つまらない失敗をしてしまったのだ。娘にはもちろん内緒にする。バレたらしばらく口をきいてもらえなくなる。それはいいのだが、気づいたのが掌に絞り出した時ではなくて顎と頬にたっぷりと塗りたくった後だったので、その甘ったるい匂いを鼻いっぱいに吸い込んでしまい、思わず吐き気をおぼえたほどに不快だった。しかも、脱毛フォームというのは単に毛を剃りやすく柔らかにするものではなく、毛そのものを溶かしてしまうもののようで、ちくちくと不愉快な刺激が頬と顎に広がり、見ていると、鏡の中で髭が縮れて気持ち悪く溶けていく。慌てて剃刀《かみそり》で剃ってから石鹸をつけて必死に洗い落としたのだが、それでもずっと、毛穴の中に入りこんだあの白い泡が、毛根をじゅくじゅくと溶かしている妄想が頭から離れず、捜査本部に着いても顎が気になって仕方なかったのだ。

だから、中野区のマンションで女性の変死体が見つかったという第一報を耳にした瞬間に、クリスマスローズの白い花のイメージが頭に浮かび、朝から続いていた漠然とした不快感が具体化されるのを感じたのだ。

予感は当たり、遺体の周囲には白い花が散っている。

「もう隠しておけんな」

飯塚が呟いたのを、部下の河島《かわしま》が受けて頷《うなず》いた。

「発表することになるでしょうね……クリスマスローズのことを」

「模倣犯が出たらややこしいことになるな」

「しかし、情報も一気に増えますよ。いくら人気のある花だとはいえ、クリスマスローズはまだそれほど一般によく知られた花じゃありません。花屋での値段だって安くない。たくさん買えば目立ちます。まだ潰せてない花屋から情報が入るかも知れないし、リストから漏れた遠方の花屋も注目してくれるようになります」

「派手な手がかりなのに、なあ」

飯塚は溜息《ためいき》をついた。

「花のことを公表しておいて解決が年を越したらメンツが立たん。なんとしてでも、年内に犯人を挙げんと」

「それと、予防も考えないとなりませんね」

「予防？」

飯塚は目をむいて言った。

「まだ続くと思うのか、おまえ」

「被害者の共通点が割れなければ、なんとも」

「冗談じゃない」

飯塚は独り言のように唸った。

「正月休みに伊豆の温泉を予約してあるんだ。何がなんでも行かないとやばいんだよ……結婚二十五周年、郵便貯金を取り崩して予約したんだ。離れで専用の内湯が付いてて、一泊七万もするんだ」

「まだキャンセル、間に合うんじゃないですか？」

飯塚は、気軽に言った河島の襟首を思わず摑《つか》んだ。

「キャンセルなんかしたら、定年になった日に離婚届をつきつけられる。老後に一人でみじめな思いをするくらいなら、辞表出してどっかの警備員にでもなった方がましだ」

第一章

1

十二月も今日はすでに二十二日である。

メグは文字通り頭を抱えて請求書の束を睨《にら》んでいた。いくらそうしていても何も解決しないのは充分にわかっているが、かといって、どうすれば解決できるのか他にアイデアも浮かんで来ない。私立探偵として仕事を始めて以来最大の、経済的ピンチであった。

怠けていたわけではないし、腕が悪いと評判がたって仕事が来なかったというわけでもない。私立探偵業界は過当競争の時代に入り、事務所の乱立でどこも経営は苦しいのが実情だが、探偵の数は不足している。私立探偵に調査を依頼することが特別のことだった時代は去り、今は、家庭の主婦でも学生でも気軽に電話して来るので、仕事の数は増えているのだ。大手の事務所でも人手が足りなくなれば個人事務所を開いているメグのような一匹狼に下請けを要請して来るので、日銭を稼ぐだけだったらなんとかなるのである。

が、思いがけない出費というのは、思いがけない時にやって来る。当たり前である。当たり前だが、何しろ予定外のことなので、やって来られるとどうにもならなくなる。

「なんでぶつけたかなぁ、車」

メグは、考えても仕方のないことをまた考えていた。

「酔ってたわけじゃないんだけどなぁ。疲れてたんかなぁ。普通ならファミレスの駐車場で柱にぶつけたりしないもんなぁ」

自分を慰めるように声に出して言ってみたが、支払った四万八千円は戻って来ない。

「それに、突然壊れるなんて詐欺だよなあ」

今度は目の前にある真新しいFAX電話に照準が移る。

「セコで買ってからまだ四年だよ、たった四年。四年でいきなり壊れたりするかなぁ。直して使いたいって言ったのに、修理費より買い替えた方が安くつきますよ、なんて言うんだからあのサービスショップの店員。ほんとなのかなぁ、騙《だま》されたんじゃないのかなぁ」

中古で購入した、ということは、売りに出された時点ですでに使い古されていたという事実については気にしない。気にしていては家電製品のセコは買えない。今度も中古で買うつもりで秋葉原まで出掛けたのに、最近はFAX電話も普及し過ぎたせいなのかダンピングの嵐で、新品でも中古でもさほど値段が違わなかったので新品を値切って買って、二万八千円。

さらに追い討ちをかけたのは、すっかり忘れていた事務所の賃貸契約更新料の支払い十八万円である。どうしてこんな大金の支払いを忘れていたのかといえば、更新月は実は九月でもう二ヶ月以上前に過ぎており、それなのに生来呑気《のんき》な大家さんがまったく文句も言って来なければ請求書も送って来なかったせいだ、とメグはぶつぶつと文句を言い続けているのだが、契約書にはちゃんと更新月が九月で二年毎《ごと》、と明記されていたわけなので、忘れていたメグにも落ち度はある。が、しかし、請求がなければ払わなくていい、というのはこの国の商取り引きの基本。従って、そのまま大家さんがずっと忘れていてくれれば何も問題にはならなかったのだが、さすがに呑気な大家さんでも、年の瀬が近づいて来ると、今年一年で何かやり残したことはなかったかしら、と考えるものらしい。とうとう請求書が配達されたのが十二月十日。それから一週間以上ぐずぐずと考えていたメグが、いくら考えたって払わないとならないものは払わないとならない、と結論して払ったのが一昨日だった。ここまでで、予定外の出費が二十五万六千円。これはほぼ、メグの平均月収に相当する。つまり今月は、今まで働いて得た分の利益がまるまる支払いで消えてしまったことになる。これではピンチになるのも当たり前なのだが、それでも普通の人には貯金というものがある。この長引く不景気で、どの家庭でも貯金額は激減していることとは思うが、それでも三十を超えて一人で働いて暮している人間ならば、いざという時のために少しは貯金らしきものを持っているはずである。もちろんメグにも貯金はある。しかしそれを遣ってしまうことができるくらいなら、こんなに悩んだりはしない。毎月、ぎりぎりの経済状況の中から少しずつ金を貯《た》めたには貯めたなりの理由があって、目的がある。なんとかその金に手をつけずにこの年末を乗り切る方法がないだろうか。呻吟《しんぎん》したりぶつくさと文句をたれたりしながらメグが考え続けているのはそのことなのである。

月末までに入って来る予定の金は、先月の助っ人調査の日当合計七万円と、昨夜調査報告書をしあげたばかりの浮気調査費用二十万円のみ。支払わなければならない金は、事務所の家賃九万円とアパートの家賃五万五千円に、調査アルバイトに雇ったフリーター三人へのバイト代支払い計十二万六千円。それに、事務所とアパート双方の光熱費だの電話代だので、ざっと三万円はかかる。駐車場代が二万円。足りない。何度電卓を叩いても五万一千円足りない。普通預金通帳の残高は一万二千数百数十円、これを入れても三万九千円足りない。それに月末まで水だけ飲んで暮しているわけにもいかないし、そんなのはイヤだし、食費だのもろもろの雑費も考えれば、最低でもあと五万円はないと生きていかれない。これから十日間で調査の仕事をすればなんとかなるようにも思えるのだが、前金・手付け金の類《たぐ》いは受け取らないのをセールスポイントにしている以上、個人客から調査費用を支払ってもらえるのは調査が終了してからということになるし、助っ人日当も翌月払いが普通なのだ。

ああ。

やっぱり、定期を崩す以外にないんだろうか。

メグは机から顔をあげ、部屋の片隅にちょこんと付いている流し台に向かった。頭が煮えた時はカフェインで活を入れる、これに限る。

濃いめにいれたコナ・コーヒーの香りで、いくぶん頭がすっきりとした。解決策もなんとか浮かんだ。結局、足りない金は借りるしかないわけで、それも利息がつかない借金がベストなのだ。

メグは事務机に戻り、高原《たかはら》事務所の番号をプッシュした。真新しい電話機なので、つるんとしたプッシュボタンの感触が楽しい。

電話に出るのはいつもバイトの女の子で、名前を名乗って所長をお願いしますと言えばすぐに繋《つな》いでくれる。高原事務所の仕事は二、三ヶ月に一度くらいは手伝っているので、バイトも名前を憶えていてくれるのだ。

「お金？」

高原咲和子《さわこ》は、挨拶《あいさつ》の言葉を交わしただけで図星をついた。

「どうしてわかるの？」

メグが驚いた声を出したのがよほどおかしいのか、咲和子はけらけら笑う。

「だって年末じゃない。年末に、フリーの調査員が直接あたしに電話してくるっていえば、お金のことって決まってるのよ。どうしてなのかしらね、ボーナスなんて貰《もら》えない自営業だってことはわかってるくせに、みんな、ボーナス併用払いにするのよねぇ、ローン。それでこの時期になると、支払いで首がまわらなくなるんだから」

「ローンじゃないんだけど」

「わかってる。あんたはアパート暮しだもんね。車はボロだし家にはろくな家電もない。洋服はユニクロでブランドバッグも持ってない。ローンにするほど高いもんなんて買わないものね」

「ほっといて。あたしだってたまには贅沢《ぜいたく》ぐらいするもん。ともかく、ちょっと足りなくなっちゃったの」

「貯金崩せばいいじゃない。あなた、例のもの買うのにお金貯めてるんでしょ？」

「だから、それをしたくないのよ。一度しちゃったら際限なくなりそうで」

「まあそれは賢明かもね。貯金って、少しでもおろして遣うとあっという間に消えるからね。で、いくら足りないの？」

「来月の半ばまでの生活費こみで十万、ってとこ」

「そのくらいなら、依頼人から前金貰えば？」

「うち、前金・手付け金ゼロが売りなんだもの。ね、前借りとは言わない、トッパライで払ってくれる仕事、ないかな」

「前貸しでもいいわよ、十万くらいなら」

「仕事があるなら仕事したいの。昨日で抱えてた調査は全部終わったから、年末にかけては飛び込みの個人客が来れば別だけど、他は予定が入ってないのよ」

「でも長期はだめでしょ？」

「うん……できれば短いのがいいな。自分とこの事務所もずっと閉めとくわけにいかないから」

「ふん、と」

咲和子がガサガサと何か紙類をいじる音が受話器から伝わって来る。

「そうねぇ……さっきも言ったけど、この時期、日銭稼ぎたいってフリーの調査員が多くて……あ、これなら短くて済むな。素行調査なんだけど、とりあえず三日間でいいみたいなのよ」

「素行調査にたった三日？　どういうこと？」

「要するに浮気調査ってことね。亭主が韓国に出張してる間に奥さんが何やってんのか調べて欲しい、って。出張は今夜からだから、メグ、これまわしてあげようか？　二十四時間調査になるから応援はうちで用意するけど、あんたがメインでやってくれるなら、貰った手付けのうち半額は、今日にでも渡せるわよ。依頼人は夕方の飛行機で韓国に向かうんで、会社から一度自宅に戻って、自宅を出るのは午後二時くらいの予定。依頼人が自宅を出てから調査開始、明々後日《しあさって》の夕方、依頼人が帰宅した時点で調査終了。一時に飯田橋に来られる？　助っ人と打ち合わせして、直接、依頼人の自宅に向かってもらえばいいから」

もちろんメグは承知した。

やっぱり困った時は咲和子に頼むに限る。困った時に頼りになるのは、やはり同郷の士。

受話器を置いて冷めかけたコーヒーを啜《すす》る。冷めかけていたって、本物のコナ・コーヒーはやっぱりおいしい。最大の心配事だった金の問題に解決のめどがたった今、おいしさ倍増である。

ノックの音がした。事務所のドアにはちゃんとインターホンが取り付けられていて、チャイムを鳴らしてくれれば答えられるのに。

メグは嫌な予感がして立ち上がらずにいた。そうやっていちいち古風にドアをノックする人間というのをメグは一人だけ知っているのだ。

「開いてるわよ」

メグはぶっきらぼうに言った。ドアが開いた。

やっぱり。

糸井《いとい》タケルが現れて、いつものように片手をあげて気障《きざ》な挨拶をした。

2

糸井は鼻をひくひくさせた。

「いい香りだな」

「ハワイのコーヒーだね」

「相変わらず犬みたいに鼻がきくのね」

犬、という単語に嫌味をこめてメグは言った。

「何のご用？」

「いつものことだからいいけれど、愛想がないなあ、メグは。これでも俺は君の、テニス部の先輩だぜ」

それは本当のことだった。糸井は、Vヴィレッジの大学校の社会学科でもテニス部でもメグの先輩にあたる。

「あなたのこと尊敬しろって言われても難しいもの」

メグは率直に言った。

「それに、あたしの職業とあなたの職業とはしょせん、相容れない面があるってことよね、この国では」

糸井は警察官だった。もともとはVヴィレッジ特別自治警察の刑事だったのだが、二年前に村を出て一般社会で生活するために警視庁への転任採用試験を受けて東京の刑事となっている。

「協力できることはたくさんあると思うよ。ねえメグ、頼むから僕にも一杯、くれないかな、コーヒー」

メグは大袈裟に溜息をついて見せてから、流しに立って新しいコーヒーを二杯分いれた。一杯は自分のお代り用に。

「で、何の用なの？」

「用がなければ遊びに寄ったらいけないのかな。せっかく同じ故郷を持つ者同士なのに」

「そういう問題じゃないでしょ」

メグは糸井にカップを手渡した。

「あなたがここに来る時に、それが純粋な遊びだったためしがないじゃないの。警視庁に移ってから、あなたほっんとに性格悪くなったわよ。私立探偵虐《いじ》めもたいがいにしてよね」

「虐めてるつもりなんてないんだけどなぁ」

糸井は旨そうにコーヒーを口に含み、陶酔した表情を見せた。一般社会での外観から推測される年齢は三十五、六歳。実年齢はたぶん……四百歳くらい？　メグより数十年は先に生まれているはずだが、Vヴィレッジの村民で自分の年齢を正確に知っている者は、百歳以下の若者ばかりだ。

「どうしても、刑事事件で弁護士と組まれちゃうと、我々とは立場の相違が著しくなるからね」

「まどろっこしい。弁護士事務所は私立探偵にとって上得意なのよ。検察が探偵雇ってくれるんなら話は別だけどね。で、今日は何の用？　最近は刑事弁護関係の依頼を受けてないんだけど、うちでは」

糸井は、ふう、とコーヒーの香りをまた楽しんでから、のんびりとした口調で言った。

「メグ、クリスマスローズって花、知ってるか？」

「クリスマスローズ？　名前は聞いたことがあるけど……薔薇の仲間？」

「薔薇とは違うんだ。最近は女性に大人気らしいよ」

「薔薇以外の花ってあんまり興味ないのよね」

メグはあっさりと言った。

「お腹空いてる時の薔薇水はおいしいけど。その花がどうかしたの？」

「いや、明日の朝刊にはでかでかと出る話だからね……まあそれからでもいいか」

「ちょっと、いい加減にしてよ。そんな呑気な話をしに、わざわざ来たっていうの？」

「だから」

糸井はコーヒーカップをちょっと掲げた。

「こういうのを飲みたいなぁ、と思ったところにちょうどこの近くまで来たんで寄っただけだってば。用事があるって決めつけてるのは君の方でしょ」

「話して」

メグは言った。

「話さないとコーヒーのお代り、あげない」

「わかった、わかりましたよ。このところ連続してる、若い女性の一人暮しを狙った連続殺人のことは、もちろん知ってるね？」

「あの、荷物をくるビニール紐で首を絞めるってやつ？　あれってやっぱり、連続殺人なの？　模倣犯とかじゃなくて？」

「その点なんだ。実はね……」

「あ、ちょっと待って」

「なに」

「どうもおかしい」

「なにが」

「なんで警察が、一介の私立探偵に現在継続中の捜査情報を漏らしたりするわけ？　何を企《たく》んでるのか、先にそれを白状してちょうだい」

「何も企んでないってば」

「大嘘」

メグは、ガスの火を消した。

「お代りはあげません」

「そのお湯で充分だよ。あまり熱くない方がいい」

「あげません」

「わかったわかった、わかりました。要するにね、そのビニール紐絞殺事件なんだけど、あれが同一犯による連続殺人の可能性が極めて高くなった、という話なんだ。で、その捜査をしてて、君のことを思い出したんだよ」

「あたしのことですって？　どういうこと？　ヤダ、まさかあたし、容疑者なの？」

「違う違う。君が容疑者だったら捜査状況を漏らすはず、ないだろ。ま、いずれにしたって君にリークするのは重大な職務規定違反だから、バレたらVヴィレッジに戻されるんだけどさ」

メグは二杯目のコーヒーを糸井に手渡した。糸井もメグと同じで、カフェイン中毒なのだ。もともとは夜行性に近い生態を持つVヴィレッジの村民が、一般社会で仕事をしようとすれば睡眠障害に陥るのは必至。糸井もメグがそうであるように、昼間はカフェインの力を借りてなんとかもたせているのだろう。

「それでも話す気だってとこみると、かなりせっぱつまってる？」

「そうだな……なんと言えばいいのか……事件がいつまで続くか終わりが見えないんだ。つまり、第四、第五の被害者が生まれてしまう可能性をまったく否定できない」

「それで、藁《わら》にもすがろうってことか」

「そう思ってくれていいよ」

糸井は目を細めてコーヒーを啜った。

「話を戻していいかな？　都内で先月から続けざまに起こった若い女性の絞殺事件三件について、同一犯による連続殺人の可能性が極めて高くなった根拠はね、警察がこれまでマスコミに対して伏せていたある事実にあるんだ。三つの殺人事件の共通点は、絞殺に使われたビニール紐だけではなかった。実は、被害者の遺体の周囲には、白いクリスマスローズの花がばら撒かれていたんだ、三件とも」

糸井は気障な仕種《しぐさ》で持ち込んでいた鞄《かばん》から茶色の事務用封筒を取り出した。愛用のモバイルパソコンが入った黒い鞄を彼はいつも持ち歩いている。手荷物を携帯する刑事というのもなんとなく妙な気はするのだが、もともとが、Vヴィレッジの出身者というだけで充分に妙なので、それ以上とやかく言われることもないのだろう。だいたい、刑事というのは二人組で聞き込みをすると相場が決まっているものなのだが、糸井はほとんど単独行動をとっているように見える。Vヴィレッジの出身者であることは同僚にも伏せられているはずなので、吸血鬼が怖くて誰もタッグを組んでくれないというわけではないだろう。要するに、糸井という男は、よく言えば孤独を愛する性質であり、悪く言えば我儘《わがまま》で身勝手なヤツなのである。

茶封筒の中から出て来たのは写真だった。現場写真。

「いいの、こんなものまであたしに見せて」

「君の推理能力は実証済みだからね」

糸井は皮肉な微笑みを唇に浮かべた。

「君のおかげで、僕は村にいられなくなった」

「そんなの言い掛かりだわ」

メグは肩をすくめた。

「どっちにしたって村を出るつもりだったくせに。あたしのせいにしないでよ」

メグは写真を手にした。

「裏に番号がメモってあるだろ。最初の殺人が1、二番目が2、一昨日のものが3。今日、捜査本部長がマスコミに向けて記者会見して、三つの事件が同一犯の犯行であることを正式に認める」

1、と裏にメモされた写真の中央に、白い紐で人間の形がなぞってあった。死体が写っていなかったのでメグは内心ホッとした。自分は刑事ではなく私立探偵だ、民事事件に死体は関係ない、できれば死体なんて見たくない、とメグはあらためて心の中で呟く。紐で作られた人型の周囲に、白い大きめの花をつけた植物が七、八本、散らばっている。

「これがクリスマスローズ？　綺麗だけれど、薔薇には似てないわね」

「日本ではヘレボラス属の植物で観賞に耐えられる花をつけるものは全部クリスマスローズと呼ばれているみたいだけど、原種系の比較的質素なものから、派手な八重咲きの花をつけるものまで実に様々みたいだよ。日本の女性は白い花や薄桃色の花を好んで、花屋でも一番人気はこの写真にあるような白系かピンク系らしい。愛好家の栽培熱は年々高まっているみたいだが、ここに写っているものはヨーロッパでもクリスマスローズと呼ばれてるいちばんポピュラーな種類で、ニゲルコス。真冬に咲く品種で庭でも栽培は割と簡単らしいが、現場に残されていた花はどれも商品になるレベルの花ばかりで、よほどの愛好家か、プロが庭で育てたものだろう、という専門家の判断を貰っている」

「花屋さんで売ってるものってことね」

「あるいは、栽培農家から直接持って来たものか。しかしまあ普通に考えると、花屋で売っていたものだろうな」

「薔薇っていうより、アネモネみたい」

「アネモネの親戚なんだ。薔薇科ではなくキンポウゲ科の植物で、キンポウゲ科の綺麗な花をつけるものの多くがそうであるのと同じで、有毒。ただし、殺人そのものと毒性とは無関係だろう。死因はマスコミ発表されている通りに絞殺で、被害者が毒物を摂取した形跡はない」

メグは写真の裏に2、3とあるものをそれぞれ見てみたが、白い紐の人型の姿勢が違う他は、大きな差がなかった。

「2と3の方が花が多いみたい」

「うん。最初の現場で見つかった花は八本だった。ニゲルコスってのは、ひとつの茎にたくさん花をつけるんで、八本でも花屋が売るとしたら多過ぎるくらいなんだそうだ。二、三本あればちょっとした花束には充分になるらしいよ。第二、第三の現場で見つかった花は、それぞれ十二本、一ダースずつだった。もし一軒の花屋で一ダースものクリスマスローズを買ったとしたら、かなり大きな花束になる」

「それなら、マスコミ発表すればすぐに花屋さんから反応があるんじゃない？」

「もちろん今回の発表はそれを期待してのことだ。しかし、これまでに都内の花屋の大部分にローラー作戦で捜査員が聞き込みを済ませたが、それらしい客は見つかっていない。もちろん、この季節、クリスマスローズは売れ線だからクリスマスローズを買った客、ってだけならそれこそ何百人ってリストアップできるんだけどね、八本だの十二本だのとなると、反応はゼロだった」

「花を買ったのが被害者ではなく犯人だとすれば、小分けにしていろんな花屋で買い集めているってこともあり得るわね」

「だとすれば、リストアップして絞り込むことはほとんど不可能だろう。町の商店街の花屋ならば客も常連が多いだろうから店員が客を憶えている確率は高いけど、繁華街の大きな花屋なんかで二、三本ずつ買われたんじゃ、店員はいちいち客の顔なんか憶えてないだろうな」

「クリスマスローズの件がどこにも漏れてないってことは間違いないの？　模倣犯の可能性はほんとになし？」

「何事も、百パーセントってのは難しい」

糸井は指で顎の先をひねっている。考えながら話す時の糸井の癖だった。

「極端な話、我々捜査員が、今俺が君にしてるみたいな形で捜査情報を漏らした場合、それがコピーキャットを出現させる可能性はゼロとは言えないからね。まあしかし、現場の様子があまりにも似ているところからして、同一犯の線は間違いないと思うね。ほら、写真を見比べてみればわかる。遺体の周囲に、まるで遺体を飾るみたいに花が散らしてあるだろう？」

確かに、そんなふうにも見える。白い紐の人型の周囲に、クリスマスローズの花が捧げられているように。

「花の色も種類も同じだ。クリスマスローズの品種なんて、俺たち捜査員で知ってるやつなんていなかった。捜査会議で出た情報をちょっと漏らしたくらいで、そこまで正確に模倣できるとは思えない」

「捜査員の中に犯人がいれば話は別よね」

メグの言葉に、糸井は真面目な顔で答えた。

「その可能性は否定しないよ。しかしそれならば、情報をマスコミに隠しておく必要もないわけだ。つまり、いずれにしても今夜の発表によって犯人逮捕に支障を来す確率は極めて低いだろうってことさ」

「この写真、貰っていいの？」

「構わないよ、カラーコピーだから。ちょっと興味感じてくれたわけかな？」

「今、忙しいから、あとでゆっくり見る」

メグは写真を机の引き出しに入れた。

「というわけで、そろそろ帰って」

「君の推理を聞かせてよ」

「こんな写真だけで何を推理しろっていうのよ」

「どうしてクリスマスローズなのか、何か閃《ひらめ》かない？」

「閃かない」

メグは空のマグカップを流しに置いた。

「おおかた、花言葉か何かが関係してるんじゃないの？　殺人現場に花を撒くなんて、自意識が肥大しちゃった妄想人間がやりそうなことよ。花言葉でメッセージを残そうとしたとか、そういう小説みたいなことを考えたんでしょ、きっと」

「クリスマスローズの花言葉は、わたしの心配をやわらげてください、なんだぜ」

糸井は笑った。

「殺人現場に残すメッセージとしては奥が深過ぎるとゆうか、場違いだろう」

「花言葉っていくつも流派みたいなもんがあって、けっこう正反対の言葉だったりするらしいわよ。もう少し調べてみたら？　ねえ、とにかくあたし、そろそろ仕事に出ないとならないのよ。写真は預かっとくから、また後日、ってことで。うち、見ての通りに留守番がいないの。鍵かけないとなんないのよ」

「アルバイトくらい雇ったら？」

「たかが留守番に？　冗談でしょ、今どき、時給六百円じゃ高校生だっていい顔しないのよ。尾行や張り込みでバイト使うと人件費でパンクしそうなんだもの、留守番に余計な費用なんかかけてらんないの」

「だけど、しょっちゅう事務所が閉ってるんじゃ、客も来なくなるだろう」

「電話は携帯に転送されるから、ちゃんと仕事は受けられるのよ。テレビドラマじゃないんだもの、電話でアポも取らずにいきなり押し掛けて来る客なんてほとんどいませんからね。携帯に出られない時はさらに転送して用件聞いてくれる電話秘書サービスと契約もしてるしね。さ、納得したら立って立って」

糸井はそれでもまだぐずぐずしていたが、メグは、三十分後にはドアに鍵をかけ、デイパックを背中にしょって事務所を出た。しょせん、あたしは私立探偵で刑事じゃない。殺人事件にかかわるのなんてまっぴらごめんだ。

だが、なぜか一度引き出しにしまった写真を取り出し、デイパックの中、仕事用のバインダーに挟《はさ》んでしまった。ほとんど無意識にそうしたのだ。時間ができた時にでも、見てみようかな、と、たぶんちらっと思ったのだろう。そして、それから約一日後、メグはそのことを心の底から後悔することになる。

3

午後二時を過ぎた。そろそろ姫川均《ひめかわひとし》が家を出て成田に向かう時刻だ。メグは姫川宅の玄関が見下ろせるマンションの一室で双眼鏡を構えていた。

マンションの部屋は空室で、高原事務所がオーナーと交渉して数日間借り切っている。だが電気も水道もガスもすべて止まったまま、室内とはいえもう二ヶ月以上空室なので、壁の芯までよく冷えていて、そこはかとなく空気はカビ臭い。家でも部屋でも、人が住まなくなるとあれよあれよという間にさびれてみすぼらしくなっていくのは不思議な現象だ。家具や寝具、洋服などの家財道具が湿気を吸い、匂いを吸収し、人の動きが部屋の空気を適度に暖めることで、部屋が歳月によって老朽化するのを遅らせているのだろう。

暖房は使い捨ての携帯カイロだけ、照明もないので夜間は懐中電灯が頼りだ。カーテンだけは、高原事務所が用意してつり下げてくれてあったので、窓に二枚のカーテンをひいて、その合わせ目から双眼鏡を突き出しての監視である。

姫川均と、その妻・朝子《あさこ》の顔写真は何枚か高原事務所から預かっていた。その写真でしっかりと顔を憶えこんでいた均の姿が、二時十一分二十秒に玄関のドアを開けて現れた。ICレコーダーに時刻と均外出の事実を吹き込んで、その均が地下鉄の駅の方に向かって歩き出すのを確認してから、均の尾行にまわっている高原事務所の調査員に携帯で連絡する。依頼人の尾行というのも奇妙な発想だが、高原咲和子のすることはいつも徹底している。嘘をつく依頼人の仕事を引き受ければ必ずトラブルに巻き込まれる、というのが咲和子の持論なのだ。姫川均が本人の申告通りに成田から韓国行きの飛行機に乗り込むまで、誰かが均を尾行するだろう。

メグにとっては均の動向などはどうでもいいことである。メグのターゲットは妻の朝子ただ一人。

姫川宅はよくある小振りの建売分譲住宅で、小さな前庭にプラスチックの屋根をつけたカーポートを無理に作ってあり、その中には5ナンバーのカローラが収まっている。カーポートのせいでそれでなくても狭い庭はほとんど庭と呼べる余地を残さなくなり、申し訳程度のガーデニングなのか草花の鉢が数個、玄関脇に並べられている。玄関ドアは日本式の外開き。均が出掛ける時、そのドアの内側にエプロンをつけたままの女の姿がちらりと見えていた。顔は確認できなかったが、朝子に間違いないだろう。

均が出掛けてドアは閉り、それきり開かない。姫川宅の敷地面積は二十六、七坪というところか。裏庭はなく、背中合わせにほとんど同じ形の建売住宅が建っているので、北側には裏口や通用門のようなものはない。もともと工場か何かの跡地を細かく仕切って、同じ形の家を六軒建てて分譲したらしい。姫川宅は南向きに三軒並んだ東の端。六軒の中では条件的にいちばんいい。西側、つまりメグの方から向かって左隣はほとんど同じ形の家。ただし、カーポートはない。東京では、自家用車は必需品ではなくて趣味の世界のものなのだ。徒歩八分でたどり着ける地下鉄の駅に潜り込めば、迷路のような地下鉄と私鉄のネットワークによって、首都圏のほぼどこにでも路線を乗り換えるだけで行けてしまう。渋滞も関係なければ駐車場所に困ることもない。あえて維持費を払って自家用車を持

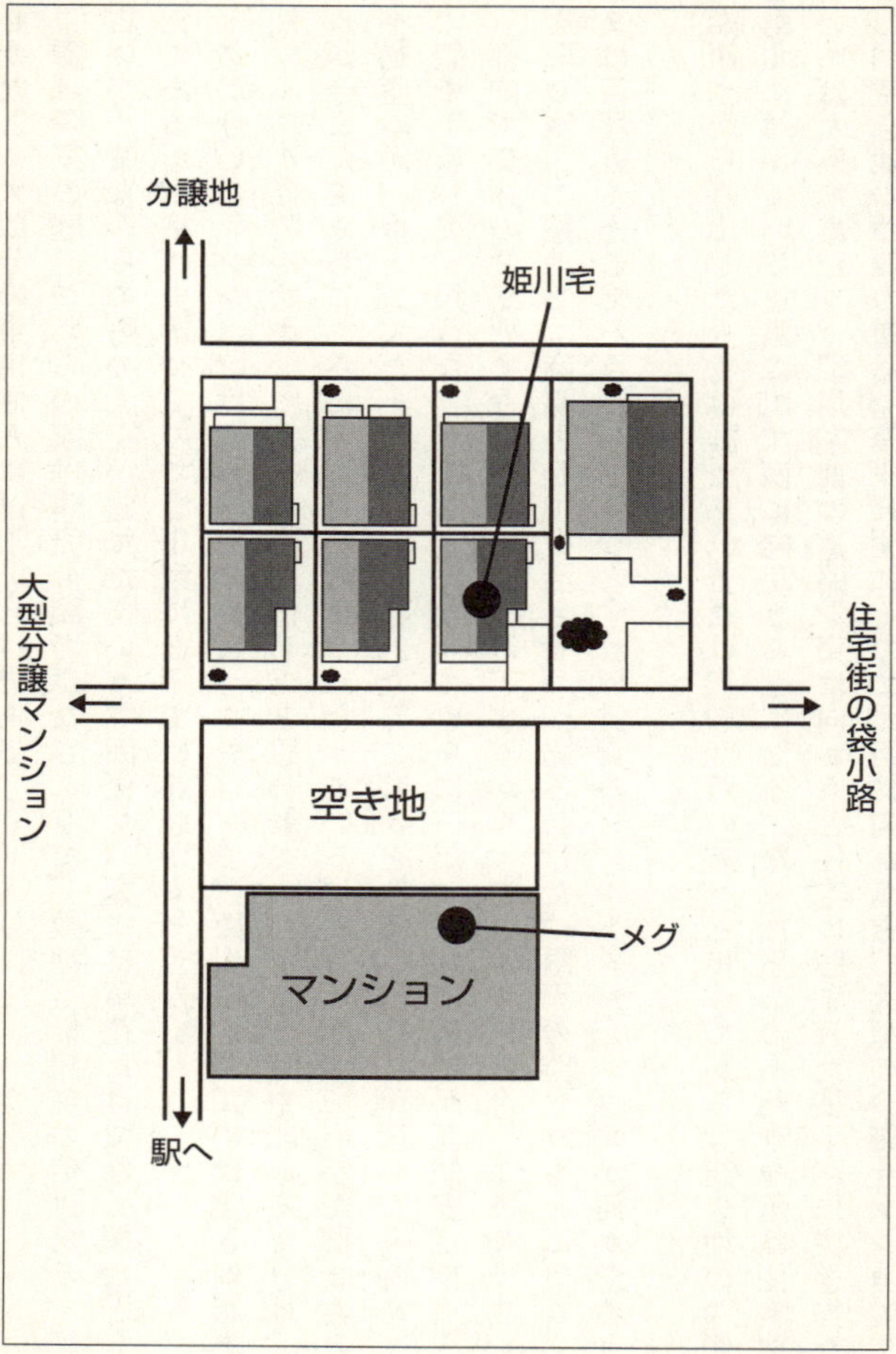
分譲地
姫川宅
大型分譲マンション
住宅街の袋小路
空き地
メグ
マンション
駅へ

つ必要など、大部分の東京住人にはないわけである。

東隣は隣家の庭。こちらの家は建売分譲ではなさそうで、敷地も姫川宅の倍はある。家は古いが、昔ながらの町の大工が建てたという雰囲気だ。庭には草花だけでなく桜なども植えてあるが、桜は虫がつくので姫川家にとっては迷惑かも知れない。

メグが今いるマンションは四階建ての賃貸マンションで、姫川宅との間には空き地があった。バブル経済が始まって完全に姿を消したと思われていた東京の町中にある空き地、これが今またあちらこちらに姿を見せるようになっている。バブル崩壊でババを摑《つか》まされた不動産屋が、抱えこんだ土地や住宅が売れなくて悶々《もんもん》と八年、ついに倒産したり諦《あきら》めて捨て値で手放して、銀行などが所有者になってさらに三年。不動産価格が低値安定期に入り、都内で交通の便が悪くないところは下げどまりがはっきりして来た今、ようやく古い家を取り壊して整地し、商品として復活させつつあるわけだ。眼下の空き地も、広さから言えば百坪近くあるだろうから、建つとすれば賃貸のワンルームマンションか何かだろうが。

姫川宅から外出した人物は誰であれ普通は、一度西の方へと歩いてから、空き地の西側を南北に通っている道路に出て南に向かうことになる。なぜならこのあたり一角は住宅地のいちばん奥にあたり、姫川宅前の道路を東に向かうと住宅に囲まれた袋小路に突き当たるし、空き地の西側の道路を南下せずにそのまま西に向かうと、大型の分譲マンションに突き当たる。それぞれの区画の周囲に自転車ならば通れる程度の小さな道は何本もついているが、それらを辿《たど》って歩いても迷路のように住宅地の中をうろうろするだけで、他人の家以外にはどこにも行き着けない。姫川朝子が外出するとしても、朝子の姿が姫川宅の玄関に見えてから行動を起こせば充分に間に合う。メグが張り込みに使っているこのマンションの非常階段は建物の西南の角についていて、走って駆けおりれば空き地の西側を南下して来る朝子を待ち伏せすることができるのだ。こうした立地条件も充分に下見した上での高原事務所の尾行計画は完璧である。が、問題は、朝子がいつ外出するのか、そもそも本当に外出などするのかどうか、一切わからない、という点である。つまりメグには、何時間このまま双眼鏡を抱えてこの何もない部屋にいなくてはならないのか見当もつかないことになる。最大の難問はトイレだった。水道が止まっているのでこの部屋のトイレは使えないのだ。緊急事態の場合には最上階のペントハウスにあるマンションのオーナー宅のトイレが借りられることにはなっているが、もちろんぎりぎりそれは避けたい。ということで、糸井の登場でついつい二杯目を飲んでしまったコーヒーのカフェインが気掛かりながらも、それ以降は水分を摂取せずにいる。そしてもちろんこんなことはマル秘中のマル秘で絶対に人には言えないが、老人介護用のポリマーシートが仕込まれた紙パンツはしっかり穿《は》いている。私立探偵がクールな仕事だなどと誤解している世間の人間に、この実態を教えてやりたい。

通常ならば、尾行や張り込みは最初から複数の人間がチームを組んで行うのでここまで苦労しなくてもなんとかなるのだが、今は緊縮財政のおり、バイトは最低限しか雇えない。今夜も、十一時を過ぎるとアルバイト探偵の青海太郎《おうみたろう》が来てくれることにはなっている。青海太郎の本職はなんとミステリ作家で、取材で私立探偵事務所でバイトをしていて探偵稼業の奥深さにとりつかれたのだ、とメグには説明しているが、実際のところは小説があまり売れないので作家では食べていかれず、バイト探偵で食い繋《つな》いでいる、というのが実態なのは容易に想像がつく。なにしろ、太郎のペンネームである白鷺彰一《しらさぎしょういち》の名前を本屋で見かけることがほとんどないのだから。

ちなみに、太郎もVヴィレッジの出身者であり、当然ながらヴァンパイアだ。それだけに夜行性に近い生活習慣を持っていて夜はやたらと強いが、昼はほとんど使いものにならない。

メグは腕時計を見た。もうじき午後三時。太郎が来てくれたらコンビニに行ってゆっくりトイレを借り、ついでに食べ物も調達して来られるのだが、まだあと八時間はじっとここで息をひそめているしかない。

夫の心配が杞憂《きゆう》に過ぎないとすれば、朝子は夕方まで出掛けないだろう。夕方に買い物に出るのは主婦の習性で、これは夫が留守でも行われる可能性が高い。スーパーにしろ商店街にしろ、夕方になるといろいろなものの値段が下がり始める。

夫の心配が図星だった場合には、朝子はそろそろ動き出すと考えていいだろう。夕刻になると近所の主婦が外をうろつくようになるので、洒落《しやれ》た服を着て外出すれば目立ってしまう。夜になればなおさらで、近所の人間にちらっとでも姿を見られれば、夫が戻ってからさりげなく告げ口される危険も出て来る。朝子に不倫相手がいるのなら、午後四時半までに朝子は動く。それがメグの読みである。たとえ三日という時間があっても、不倫をするなら夫の出張初日を狙うというのも読みの範囲だ。会社の出張などというものは、仕事の都合で一日や二日短くなることなどざらにある。海外でも、韓国では国内出張と事情は変わらない。もっとも安全なのが初日、夫が間違いなく成田から飛行機で発ったと確認をとった直後から翌日の午前中までの間なのだ。

もっとも、世の中で不倫をしてる主婦がみなそこまで慎重だというわけではない。現実には、情事や恋愛にのぼせあがって周囲が見えなくなっている主婦の方が多いくらいで、小学生が尾行しても不倫の事実を突き止められるほどあっけらかんと、自宅のもより駅の近くのラブホテルなどを地元でよく顔を知られた男と利用しているようなツワモノというか、何も考えてない女もたくさんいる。朝子がどの程度用心深いかは、高原事務所から引き継いだ資料の範囲ではまるでわからない。こちらがいろいろと気をまわしても、朝子自身はただ情欲のおもむくままに行動するという可能性だってあるわけだ。

いずれにしても、気を抜いていい時間帯というのはないと思った方がいいだろう。不倫の相手が宵っ張りなら、近所が寝静まった丑三《うしみ》つ時《どき》に朝子が行動を開始することだってないとは言えない。

と、ごちゃごちゃと考えている目の前で玄関のドアが開いた。メグは緊張して双眼鏡を構える。が、すぐに緊張をほどいた。朝子はエプロンを着けたままだった。

近所のスーパーまで買い物かな。

朝子は玄関のドアを半分ほど開けたが、外には出て来ない。メグのいる部屋は四階、空き地を隔てて斜め上から姫川宅を見下ろす形になっているので、開いたドアの内側、玄関の三和土《たたき》までよく見える。

朝子は前髪を中学生のように額で切りそろえ、残りは長く伸ばして頭の後ろに髪どめでまとめ、あずき色のフレームの大きめの眼鏡をかけ、白地に赤い苺模様のエプロンと、その下から覗いているのはグレーと白のチェックのフレアースカート、長袖のブラウスは白。地味というほどではないが、ごくごく平凡な専業主婦の普段着スタイルだ。どう見てもこれから不倫相手とデートに行く風情ではない。

が、朝子はいっこうに玄関の外へは出て来ずに、何かせっせとやっている。双眼鏡を目に押し当てて朝子の手元を見ると、柄の短い箒《ほうき》で玄関の三和土を掃いていた。ふう、とメグは気抜けして双眼鏡をおろす。夫が留守でもしっかり掃除。少しは見習ったらどうだ、という糸井のあざけり声が聞こえて来そうだ。

やがて朝子は、三和土からゴミを玄関ドアの外に掃き出すと、サンダル履きで外に出て来て、ちりとりを使って丁寧にゴミを集め、そのままカーポートの近くまで歩いて、庭置きのゴミ箱の中にちりとりの中のものをあけた。それからさらに玄関の周囲をさっと掃いて、最後にドアの脇に置いてあった植物の鉢のひとつを抱えあげ、その鉢を抱いてドアの中に入った。ドアは閉められ、朝子はそれきり、日が落ちても姿を見せなかった。やはり、夫がいないので今日は買い物に行かないことにしたのだろう。主婦は自分のためにだけ幾品も料理を作ることなどない。子供がいれば子供のため、いなければ夫のために料理するのが主婦であって、その夫もいなければ、冷蔵庫の残り物や茶漬けで済ませてしまっても不思議はない。メグはそうした女の習い性を思って少し憂鬱になった。朝子の夫は妻を疑い、私立探偵まで雇ってその不実を暴こうとしているのだ。それなのに朝子は、自分一人のためにまともなおかずを作って食べる程度の贅沢《ぜいたく》すらせず、いつものように家中を掃除して、その小さな家を守っている。これでもし朝子が無実で不倫などしていなかったとしたら、どうなるのか。夫は私立探偵まで雇ったことなど一切なかったような顔で口を噤《つぐ》み、しらじらしく妻の作った料理を食べてこの先も暮していくだろう。そして朝子は、自分の誠実が疑われ、夫婦として最低限の信頼すら得られなかったことも知らずに生きていくことになるのだ。

思ってはいけない、と自分を戒《いまし》めつつも、やはりメグは思ってしまう。

そんなの不公平だ。朝子に恋人がいて、不倫している方がずっと、朝子は幸せだ。こうした考え方をしてしまうということ自体、自分はまだアマチュアなんだな、と思う。

私立探偵の仕事を始めたのは、ほんの些細《ささい》なことがきっかけだった。メグは、Vヴィレッジにいた頃、一度結婚している。わずか十年ほどの間だったが、それなりに恋愛をして惚れた男と一緒になったつもりだった。だが結婚生活の現実の前には、恋愛の情熱など無惨に砕け散った。マザコンで義母に逆らえない情けない夫の薫《かおる》をふりきり、メグは村を出て普通の人間が住む世界で暮しはじめた。

Vヴィレッジの住人が村以外の場所で暮すには様々なめんどくさい許可を取り付けなくてはならないが、Vヴィレッジの出身であることは高度なプライバシーとされているので、それを隠して生活しても罪にはならない。メグも履歴書には政府が用意してくれたダミーの経歴を書き込み、普通に仕事を探し、普通に就職した。といっても、政府が用意した偽の履歴では学歴が高校まで、それも政府がそうした偽履歴を確保するために新設した国立の通信制高校の卒業資格だけだったので、新卒の年齢でもなく特技や資格も持たないメグの就職先は限定されていた。メグは、パン菓子を製造する会社に就職し、工場のラインでパートのおばさんたちと一緒に働いた。それはそれで楽しい数年間だった。仕事は、体力的にはなかなかきついし給料も安かったが、職場の人たちは親切で明るく、その上、過去をあれこれ詮索したりはしなかった。メグはその仕事に満足していたし、パンを作ることにも興味があったので、いずれはもっと小さなパン工場に移り、パン作りを一から学んでみたいなどとも考えていた。だがそうした平穏で静かな日々はやがて終わることになった。

パン工場の仕事仲間で親しくしていた主婦が事件に巻き込まれたことをきっかけに、メグは私立探偵になった。あれも運命だったんだろうな、と今ではメグも思っているが、それにしても、自分に探偵という仕事が本当に向いているのかどうか、ふとした時に疑問が頭をかすめ、微かな後悔を感じることがある。今もまた、朝子に妙な同情をおぼえてしまった自分の弱さ、半端さに、メグは当惑し、自信が失われていくのを感じている。

日が落ちて、いつの間にか月が出ていた。午後五時半。やはり朝子は、今夜は買い物にも行かず、冷蔵庫の残り物で食事してテレビでも見て寝てしまうのだろうか。それとも、近所の人々が家の中に入った頃を見計らって、着替えて化粧をして出掛ける？

幸い、尿意はもよおして来なかったが、喉が渇いていた。ミネラルウォーターのペットボトルは常にデイパックの中に入れてあるが、今は飲めない。太郎が来るまであと四時間半。

日が落ちても、街灯があるので見張りには困らなかった。ただ、電気の来ていないこの部屋が真っ暗になり、デイパックの中の物を取り出す時などに困るので、ペンライトを胸のポケットに差し込んで用意しておく。姫川宅には一切の動きがない。二階の部屋は夫からの情報で、南側に夫婦の寝室、北側にはほとんど使っていない物置きにしている和室がある、とわかっているが、寝室のカーテンは昼からずっと、白いレースのものだけが閉められていて、部屋の中に人がいるかどうかはぼんやりとわかる。何度か朝子らしい人影が寝室にも出入りしていたが、いつも短時間で姿が消えたところからして、洗濯物でも片づけていたのだろう。物干は庭の西半分の、植木鉢などが置かれたわずかなスペースに設けられている。子供がいない夫婦二人、夫も事務系の仕事であれば、洗濯物はそう多くないからそれで充分だろう。二階の南、寝室の前には小さなベランダもあるのだが、そこに洗濯物を干しに朝子が現れることはなかった。

問題は、こちらから見えない北側である。北側の部屋も二階には窓がある。が、ベランダはない。北側は別の建売住宅と背中合わせになっていて、壁と壁との隙間は一メートル未満の幅しかなく、二階の窓枠に飛びつけるような足掛かりになるものもない。もちろん、泥棒が本気ならば道具を持って来てなんとでもするだろうし、手足の長い人間ならば二つの壁面の間を手足を突っ張ってのぼってしまうこともできるかも知れないが、姫川宅も背中合わせの隣家も、最近は東京の常識になりつつある、警備会社の個人宅セキュリティシステムを利用しているかも知れず、それなら窓の外側から侵入を企てたりすればただちに警報が鳴るだろう。もちろん警報装置を解除してしまえばその限りではないが、仮に朝子が浮気をしていたとして、まさか二階の窓から縄梯子で脱出して男に逢いに行くとは想像できなかったので、裏側の見張りについては考えていない。第一、裏側の窓から出たとしてもどのみち、東側か西側の私道にいったん出てからでないと駅の方には行かれないのだ。不倫相手が昼間っから家にこもっているこの住宅地の住人、というのでもない限りは、駅の方に向かわずに住宅地の奥へ行く必要はない。

それでもいちおう、双眼鏡での観察は姫川宅の玄関だけではなく南に向かう通路すべてに向けているが、どのみち狭い一角のこと、そこを人が通れば特に注意して見ていなくても視界には入って来る。見張りを始めてからメグが確認した人影は、姫川宅の左隣の主婦らしき女性が四時過ぎに外出して三十分ほどで戻っただけ。

六時が近くなって数名の人間が一角を出入りした。姫川宅の裏手の家の住人らしい女性が二人、南に向かい、逆に、南から中学生の女子が一名、姫川宅の奥の住宅地に入って行った。こうした比較的古い都内の住宅地では、子供たちがみな大きくなってしまって家を離れ、壮年や老齢の夫婦だけが住んでいるというのは珍しくないことなのだろう。おかげで、退屈な張り込みである。

五時には日が落ちてあたりはとっぷりと夜の暗さに沈んだ。外灯の光の中、パタパタと羽音をさせているのは烏《カラス》らしい。烏は鳥目のはずなのに、烏は外灯程度の明るさでも活動できるようだ。

七時少し前。高校生ぐらいの男女数名が、ばらばらと住宅地の奥に消えた。高校生がクラブ活動を終えて帰宅するとこのくらいの時間か。また、外で働いている主婦、といった感じの女性が三人、さらに七時半を過ぎて、サラリーマンたちが帰宅しはじめる。姫川宅の左隣の主人らしき男性も、八時少し前に帰宅。さらに二軒隣の家の夫婦は八時半過ぎに仲良く一緒に帰宅。共稼ぎで子供がいなければ、待ち合わせしてどこかで夕食を食べて帰るなどという優雅な生活も可能、というわけ。もっとも、これらすべてはメグの想像に過ぎないのだが。九時台になってサラリーマンたちの姿もまばらになり、十時台は人影がなくなった。後は、地下鉄の終電間際にばらばらと、飲み会などに出た連中が戻って来るのだろう。

さすがにからだが強《こわ》ばって悲鳴をあげはじめている。七、八時間ひとつの場所にじっとしながらの監視というのはこれまでにも何度か経験しているが、細く開けたカーテンの隙間に双眼鏡を差し込んで、息をひそめるようにしながらの八時間はかなりきつい。太郎の姿が恋しかった。ともかく交代要員が来てくれれば、からだをほぐすためにそのへんを歩いて来られる。

じりじりしながら腕時計を睨んだ。まったく洒落《しゃれ》っけのない武骨なプラスチックバンドのデジタル時計。安くて丈夫で合理的。ライトも点けられるので暗闇でも時刻がわかる。

4

「おまたせ」

囁くような低い声で、太郎が挨拶しながら現れたのは十時四十一分のことだった。

「早かったんですね」

メグは二十分も早く太郎が来てくれてホッとした。太郎はメグよりかなり年上だが、Vヴィレッジの出身者の大部分がそうであるように、正確な生年月日はわからない。偽の履歴では四十歳ちょうどということで通しているが、もちろん、三百歳より若いということはない。

「仕事がなかなか進まなくて、嫌になっちゃったので出て来ました」

太郎はにこにことコンビニの袋を揺らした。

「差し入れです」

「ありがとう。でもあたし、ちょっと買い物して来ます」

メグは立ち上がって軽くストレッチをしてからだをほぐした。

「あ、何か足りないものならわたしが行きます」

「いいの。ずーっとここにいたから、外の空気が吸いたくて。それにほら、トイレも」

太郎は頷いて、メグから双眼鏡とレコーダーを受け取った。

「今夜は動かないかも。だんなが出掛けてから、一度も外出していないんです」

「いることはいるんですか、中に」

「だんなを送る時と、それから玄関を掃除した時に姿を確認してます。来客もなし。でも油断はしないでください。もしかすると、深夜になってから出掛けるか、相手の男が来る可能性もあります」

メグも太郎も、互いにタメロはきかずに敬語を交えて喋《しゃべ》るのが習慣になっているが、二人の仲は極めて良好だった。メグにとっては太郎は年上の人間であり、太郎にとってメグは雇い主である。それだけのことだ。だが、そうしたけじめは必要だ。

メグは太郎の小説、つまり白鷺彰一の作品が割と好きだ。が、今どきの売れ線ではないな、と正直なところ思っている。作風が生真面目過ぎるというか、少し古臭い。それでも、いつか白鷺彰一が大ヒットを飛ばして人気作家にでもなれば、太郎とこうして探偵仕事をしたことはすべて、ちょっとした自慢の種になるだろう。そうなると楽しいのに、とメグは思っている。

ストレッチが済むと、メグは余計な物音をたてないように気をつけながら外廊下に出て、そのまま外階段を使って建物の外に出た。出たところが地下鉄の駅からまっすぐに北上して、あの住宅地へとたどり着く道だ。万が一、朝子のところにのこのこやって来る途中の間男とはち合わせして顔を憶えられるとやっかいなので、人の通りを確認してから道に踏み出した。

いちばん近いトイレは、ほんの五十メートルほど歩いたところにある公園の公衆トイレだが、そうした公衆トイレの御多分にもれずおそろしく汚いことを来る時に確認済みだったので、そのままコンビニへと急ぐ。コンビニまでは三百メートルといったところ。地下鉄の駅までもコンビニまで来るともうすぐである。午後十一時を過ぎた住宅街はしんと静まりかえっていて、野良猫の姿すら見かけない。

コンビニの店員も暇そうにしていた。メグは、デイパックの中のミネラルウォーターを更新する意味で同じサイズのものを一本買い、ついでにいちばん新しい週刊誌を一冊仕入れた。記事にはさほどの興味がないが、探偵の小道具としての週刊誌はあまり古いものだとかえって目立つ。ちょっとばかり買い物したので引け目を感じないでトイレを借りた。久々の快感。尿意は感じていなかったが、その気になればしっかりと出た。

洗面所もよく清掃されていて綺麗だったので、顔も洗わせてもらってから店を出て、ゆっくりとマンションに戻る。昼間確認した時とは、夜間の町は様相が変わっている。目印になるものをチェックして、万が一ここでターゲットと追いかけっこになった場合でも、くだらないところで迷子になるようなドジを踏まないよう注意する。

部屋に戻ると、太郎が双眼鏡を構えたままでばりばりと醬油せんべいを齧《かじ》っていた。

「喉の渇くようなもんは控えた方がいいですよ」

メグは、太郎が買って来てくれたおにぎりに手を伸ばしながら言った。カフェインの入ったお茶の類いは尿意をもよおすので避けて、デイパックから以前に買ったミネラルウォーターを取り出し、新しいものと交換してから、古い方に口をつける。食べたり飲んだりできる幸せ。

「これ、村の親戚から送って来たんです。どうですか」

太郎が自分の荷物の中から、何やら赤い缶を取り出した。

「わあ」

メグは反射的にそれを摑んで電光石火でプルタブを引張っていた。Vヴィレッジ特産のトマトジュース、その名も「Vサイン」。どうしてこうもセンスのないネーミングにしたのか、村の農業推進本部の良識を疑いつつも、故郷の味の誘惑には逆らい難い。

「やっぱりおいしい」

メグは一気に飲み干してふうと溜息をついた。

「日本一のトマトジュースだわ」

「品種改良にお金かけてますからね。村の農業研究所は政府や大学の研究所なんかよりずっと規模が大きいですから」

それは事実だった。Vヴィレッジは住人の特殊体質から自治を認められている特殊な地域だが、住人から税金をとる必要がないほど裕福な村でもある。その収入源については、あまり表だって言うことはできないのだが……。

「そのへんのスーパーとかで買えるといいのにね。通販だけっていうのがケチくさくないですか？　しかも予約制だなんて」

「数ができませんからね。うちの親戚はトマト農家なんで、その点、ラッキーです。それにしても、ほんとにここの奥さん、浮気なんてしてるんでしょうか」

「さあ」

メグは頭を振った。

「それを調べてくれと頼まれたわけだから、可能性は半々としか言えないですね。もちろん、調べて欲しいと言い出したからには、それらしい気配はあったということでしょうけれど」

「しかし、仮に不倫しているとしても、この三日間に証拠がつかめるかどうかはわからないわけですよね？」

「三日間の海外出張、というのは、夫の不在を利用して恋人と逢いたい女にとっては願ったりかなったりの事態です。国内出張ならば夫の罠ということも考えられるし、そうでなくても、急な変更で夫が早く戻って来たりもするでしょうし。韓国がいくら近いとはいえ、海外は海外ですからね。一日出張を繰り上げて戻るくらいのことはできても、まさか、出掛けたその日に帰って来ることはあり得ない。不倫が事実だとすれば、尻尾を出す確率は相当に高いでしょうね」

「でももう、十一時半ですよ。地下鉄の最終まで三十分しかありません」

「タクシーという手だってあるし、あるいは、不倫相手がこの家に忍んで来ることも考えられますからね」

「まさか、浮気相手の男を自分の家に?」

「多いんですよ、そういう事例」

メグは菓子パンの袋を破った。

「普通に考えると、夫や子供のいる空間に浮気相手を呼んで情事をするというのは、生理的にあまりにも無神経ではないか、と思われるでしょうけれど、女って、一度割り切ってしまうとそういう点、男より大胆で気にしなくなる傾向があるんです。むしろ、外出して近所の人に見られたり、ラブホテルから出て来るところなんかを見つかっちゃったりする危険を考えると、自分の家に呼んだ方が安全だ、と思うみたいです。仮に見知らぬ男が出入りしたのを近所の人に見られても、保険屋さんだとかリフォームの相談員だとか言ってごまかすこともできますから」

太郎が大袈裟な溜息をついた。白鷺彰一の小説の中にはそんな図々《ずうずう》しい人妻は登場しないのだろう。

「まあでも、男を家に呼ぶならもっと遅い時間になるでしょうね」

メグはまたちらっと腕時計を見た。

「早くても地下鉄の終電が行っちゃった、零時過ぎ。近所の人に、真夜中に男が訪問するのを見られたら、まさか保険屋さんって言い訳は通用しませんから、それだけは避けようとするでしょう」

太郎が三度目の溜息を漏らす。手足だの首だのをちょん切るバラバラ殺人だとか、犯人が出入りできない密室の殺人だとか、そんなものばかり書いているくせに、現実の世界では人妻の浮気すら太郎にとっては信じられない出来事なのかも知れない。

さらに一時間余り、メグと太郎は他愛のない話をしながら交代交代で双眼鏡を覗いていた。話に夢中になって見張りが怠るといけないので、話題はあまり熱くなれないどうでもいいものばかりだった。たとえば年金問題だとか、高齢者福祉、少子化など、メグにも太郎にもほとんど無関係な話題である。ただ、太郎の知り合いが最近、レーザー治療で胆石を治したという話題の時だけ、少し二人で盛り上がった。つまり、自分たちのような体質でもレーザー治療というのが可能なのかどうか、について。

「基本的にあたしたちって、ほっとけばどんな怪我《けが》でも病気でも治るようにできてるらしいですよ」

メグは、村にいた頃の知人で、不注意から旧式の脱穀機に指を突っ込んでしまった者がいたのを思い出しながら言った。

「たとえば指とか切り落としてしまっても、時間が経てば勝手に復元されてしまうでしょ」

「程度の問題はあるんじゃないかと思うんですけど」

太郎は首をひねった。

「爆弾とかでばらばらの粉々に吹き飛ばしてしまったヴァンパイアが復活できるものなのか……そうした事例で全身が復元した、という記録はあるんですかね」

「うーん……でもあたしたちを殺すことができるものって、心臓に打ち込んだ杭か日の光だけってことになってますよ。あ、それと十字架。あれは耐性があるとけっこう平気ですけど、それでも長時間十字架を抱いていたりしたら死ぬと思うわ」

「つまり、粉々にしても復元すると思うわけですか」

「たぶん……そうでなければ、杭とか十字架とかっていちいち道具を挙げる必要はないもの。火薬なんて大昔からあるんだから、ヴァンパイアを殺すなら火薬で吹っ飛ばしなさいって言い伝えが残ったでしょうね」

「それはそうですね。火薬で殺せるなら、何も心臓に杭を打ち込む必要はないわけだ。しかしそれならば、復活の細胞的メカニズムはいったいどうなってるんですかね」

「ヴァンパイアの解剖学的研究は政府のトップシークレットで、ごく一部の研究機関にしか許可されていないんだもの、我々にはわかりっこない。村には医者はいないし」

メグの言葉に、太郎はハハハ、と笑った。

確かに、村に医者はいない。ヴァンパイアには歯医者以外の医者は不要なのだ。本来は歯医者も不要なのだと思うのだが、歯が再生するにはとてつもなく時間がかかるので、削って詰め物をしたり入れ歯を作ってしまう方が手っ取り早い。

しかし、メグは自分のからだの中にちゃんと赤い血が流れているのを知っているし、血管も内臓もすべてそっくり他の普通の人間と同じであることも知っている。ヴァンパイアを切り刻んだとしても、その断片から一見して普通の人間ではないと判断することは不可能だ。

「胆石だといくら我々でも治癒するのに苦労しそうですから、やはりレーザー治療は有効かも知れませんね」

太郎の言葉にメグは頷きながらも、ヴァンパイアにも胆石ってできるのかしら、と考える。

地下鉄の終電が行ってしまう時刻が過ぎても、姫川宅には何の動きもなかった。さらに、泥酔してタクシーで帰宅する近所の夫族の姿を二人ほど見かけ、午前二時も過ぎた。

午前二時半、太郎が仮眠してくださいと勧めてくれたので、メグはジャンパーをからだにかけ、デイパックを枕にフローリングにそのまま横たわった。本来の夜行性的性質を無理に一般社会に合わせて寝たり起きたりしているせいで、慢性の睡眠不足だった。頭を横にするとすぐに瞼《まぶた》が重くなる。どうやら、今夜は当てがはずれたみたいだ。それとも、朝子は潔白なのか……

5

うとうとしていたのはほんのわずかな時間だと感じた。太郎が自分の背中を揺すっている、とわかった途端、メグは飛び起きた。

「動いた？」

「いえ……でも、ちょっとおかしいんですよ」

「おかしい？」

聞き返すと太郎は頷いて双眼鏡を手渡した。覗いてみたが、仮眠する前の様子と何も変化していないように見える。腕時計を確認。午前三時五分。少しだけ眠ったつもりで、けっこう時間が経っている。

「何がおかしいの？」

「二階です」

メグは双眼鏡を姫川宅の二階の窓に向けた。途端に、心臓が軽くはねた。

「本当……どうしてカーテンが閉ってないの？　あかりは点いていないのに……」

姫川宅の二階の窓にはベランダがあり、窓は上から下までの掃き出し型でもちろんサッシがはまっている。監視を始めてからずっと、二階の窓にはレースの白いカーテンがかかっているだけで、その内側にあるカーテンは開けられて両側で束ねられていた。掃き出し窓には雨戸がないことが多く、遮光性の高いカーテンを内側に、外側には透過光を部屋に入れられるようレースのカーテンをつけるのがごく普通のインテリアだろう。夫からの情報によればそこが夫婦の寝室である。従って、朝子は寝る時には二階にあがり、あかりを点けて寝支度をするわけだが、その時、外側のカーテンを閉めるのは常識だ。

朝子はまだ起きているのだろうか。夫がいないので朝寝ができると、深夜テレビでも見ているのか。

「居間には人がいないようなんです」

太郎が不安げに言った。

「あかりは点いたままですが……」

居間のサッシにもレースのカーテンがひかれているが、中の様子はそれとなくわかる。確かに、人の気配はないし、テレビが点いているような光も見えない。

メグは必死に思い出そうとした。最後に居間に朝子の姿が確認できたのはいつだったか。ICレコーダーの録音を再生した。

『……午後十一時四十二分、朝子らしき人影、窓際のソファから立ち上がる。同時にテレビが消えたように見える。人影は部屋の奥に。他は変化なし……』

自分で吹き込んだ声だった。朝子が居間を出て行ったのは午後十一時四十二分。それ以降、メグも太郎も人影が居間に入って来るのを確認できていない。居間のあかりはまだ点いたまま、そして二階の寝室には一度もあかりがともることなく、カーテンは開けられたまま……

居間の奥はダイニングキッチンと、トイレや浴室が続いているはずだが、三時間以上もキッチンと風呂場にいたままで一度も居間に戻って来ないということがあるだろうか？ 戸締まりの確認もせず、カーテンすらひかず？

「調べてみましょう」

メグは携帯電話を取り出した。高原事務所から受け取った資料の中から、姫川宅の電話番号を探してかけてみる。呼び出し音は鳴り続けたが、誰も電話に出ない。留守電にはなっていない。

「キッチンでうたた寝してしまったとしても、これだけ鳴らして目が覚めないのはおかしいですよね」

メグは電話を切った。

「だけど困ったな……玄関の鍵がかかっているとしたら、どうやって中を確かめればいいのか」

「二階のベランダにならのぼれそうですが」

「サッシが閉っているでしょう。まさか、泥棒みたいにガラスを割るわけにもいかないし」

「ちょっとわたし、偵察して来ます」

太郎は、いきなり床の上でとんぼ返りをした。と思うと、そこにはパタパタと羽を動かしている、とても小さなコウモリが一匹。

「まずいですよ。それは村の外では禁じられています。いかなる理由があろうと、吸血行為や変身行為を行った者は強制的に村に送り返され、以後、村の外に出ることは禁じられちゃいますよ！」

「真夜中ですから、バレやしません。無茶はしませんからご心配なく。ではちょっと待っててください」

掌に載ってしまうほど小さなコウモリは、キーキー声でそう言うと、メグが仕方なく開けた窓からぱたぱたと飛び出して行った。止めても無駄だろうし、確かに今はその特殊能力が役に立つかも知れない。メグには変身能力がないので、太郎がちょっぴりうらやましい。

しかし真夜中とはいえ、夜遊びをしてタクシーで帰宅する者がいないとは限らない。コウモリというのは稀に吸血する種類を除けば人間にとってはごく無害な生き物なのだが、たいていは嫌われる。酔った勢いで鞄か何かで叩き落とされ、太郎が怪我でもしたら大変だ。メグは双眼鏡で太郎の行方を追った。

小さなコウモリは街灯のあかりを避けるように暗がりを飛んで姫川宅の二階、ベランダに向かった。二階のサッシの鍵がかかっているかどうか確認しているのだろう、ガラスの真ん中あたりをぱたぱたと飛び回ってから、今度は家の横手へと飛んで行く。裏の窓の戸締まりを調べようとしているらしい。メグの双眼鏡の視界から太郎の姿が三分ほど消えた。じりじりして待っていると、隣家の屋根を越えて小さな黒い生き物が姿を現した。野良猫に見つからないといいんだけど。

マンションの開いた窓から飛び込んで戻って来た太郎は、すぐさま人間の姿に戻ってはあはあと肩で息をした。

「最近、変身してなかったんで、飛ぶと疲れますね」

「危ないからもうしないでくださいね。変身したってことがバレて村に強制送還されるくらいならいいけど、野良犬とか野良猫に捕まって食べられちゃったら大変ですから」

「あ」

太郎は首を傾《かし》げた。

「そうだ。そういう場合には復活できるんでしょうか？」

「え？」

「だから、野良猫に食べられて胃の中で消化されちゃった場合ですよ。完全に消化されて猫の栄養として吸収されてしまったら、いくらなんでも復活できるとは思えないんだけどなぁ」

「それは……無理かも」

「でしょう？　だったら、心臓に打ち込む杭の他に、食べる、という必殺技も使えるわけですよね、対ヴァンパイア作戦としては。これ、誰か気づいた人っていますかね？」

「誰も気づかないでくれることを祈りましょう。それより、報告を」

「はい、二階のサッシは閉ってます。中からクレセント錠がかかってますね。防犯のためでしょう、サッシにはまっているガラスはかなりぶ厚いもののようで、道具がなければ割れません。音をたてないで割ろうと思ったらガムテープか何か必要です。裏側なんですが、一階に風呂場の窓がありますが、これも中からクレセント錠がかかってます。二階の窓には雨戸がありました。閉っていて、中はまったく見えません。近所の人を起こさないようにそっとあの家に忍び込めるとしたら、東側についている裏口しかありませんね」

「鍵は？」

「コウモリのままだと、ドアを押してみることもノブを回してみることもできないんで、なんとも。ただ、仮にかかっていたとしても、ドアチェーンがかけられていなければ開けられると思います」

太郎はポケットの中から、太い針金を曲げたものを取り出して見せた。

「全体に、あの家はかなり不用心です。何年前の建売住宅なのか知りませんが、どの鍵も旧式です。その気になれば玄関の鍵も開けられると思いますよ。サッシのクレセント錠もひとつずつしか付いていないし」

「東京も、ほんの数年前までは、盛り場でもなければそんなに物騒ではなかったですからね。でも念のため、セキュリティ会社のシールが貼ってないかどうか先に確認しましょう」

「玄関やサッシには貼ってなかったですよ。ああいうシールって泥棒や強盗への警告の意味で貼られるんですよね。だったら目立つところに貼ってあるはずですね」

太郎の言う通りである。警備会社のステッカーやシールは、いわば『猛犬注意』のシールと同じで泥棒除けの目的で貼られる。実際、警備会社では、そう指導して目立つところにステッカーを貼らせる。

「でも万一のこともあるから慎重にお願いしますね。警備会社は警察より来るのが早いから」

後の展開がどうなるかわからないので、荷物は二人ともすべて背負って出た。

すでに腕時計の数字は3：32AMを表示している。地球温暖化だとか都市熱のせいで気温が上がっているなどと言われていても、十二月の夜明け前は、ここ東京でもそれなりに寒い。

犬の遠吠えすら聞こえない、しんと静まりかえった夜だった。地下鉄の駅の近くまで行けば深夜でも車が行き交う幹線道路に出るが、このあたりは居住者以外の車での進入が禁止されている上にやたらと一方通行ばかりで、道に迷ったドライバーでもなければわざわざ深夜に車で乗り入れたりはしない。姫川宅の正面に立っても、家の中から物音や人声はまったく聞こえて来なかった。カーポートが前庭にあるので庭には門がない。そのまま敷地の中に入り、玄関の呼び鈴をそっと押してみた。家の中でチャイムが響いているのは聞こえるが、それに反応する気配はない。

メグは太郎と顔を見合わせ、それから念のため、玄関のドアの把手《とって》を掴んで引張ってみた。外開きのドアはぴくりとも動かない。施錠されているのは間違いない。

メグは家の東側を指さした。太郎が無言のまま頷《うなず》く。車の後ろの狭いスペースをからだを横にするようにしてすり抜け、家の横手の細い通路を歩くと、キッチンに直接通じるドアが見えた。右手は隣家の庭。間はブロック塀で仕切られている。

キッチンに通じるドアは、なるほどいかにも旧式のバネ錠が付いたドアだった。この程度の戸締まりで事が足りると思っていたとしたら、姫川夫妻はかなりの楽天家と言われても仕方ないだろう。ドアもペイントはしてあるが木製で、鉈《なた》のひとつもあれば鍵をこじ開ける必要すらない。

太郎はメグに目で合図してから、曲げた針金を取り出した。鍵穴に差し込んでわずか数秒。カチッとはっきりした音をたてて、鍵は開いた。

「電話がかかって来たら、すぐに逃げますよ」

メグは小声で囁いた。もしこの家が警備会社の個人宅警備システムを導入しているとすれば、そして中にいるはずの朝子が、そのシステムを作動させているとすれば、こうして外から侵入しようとドアを開けると警備会社の方で警報が鳴り、家人の安全とセンサーの誤作動を確認するために警備会社から電話が入るはずである。

キッチンの上がり框《かまち》には、朝子のものらしい赤いサンダルがきちんと揃《そろ》えて脱いであった。メグはデイパックのバックポケットからビニールのシューズカバーを取り出し、太郎にも手渡した。スニーカーの上からカバーをかけ、そのまま靴を脱がずに家の中に入る。こうした違法な家宅侵入の際にいちいち靴を脱いでいては、いざという時に走って逃げるのに困ることになるし、かといって、土足であがりこんで靴痕をべたべた残すのも利口なやり方ではない。侵入されたことを家人に気づかれないように退散する、それが探偵の家宅侵入の鉄則だ。

キッチンにもあかりは点いたままだった。二人暮しに似合いの小振りのダイニングテーブルとチェア。そこに座ったままうっかり寝てしまった朝子、という希望的構図を一瞬期待したが、キッチンに朝子の姿はない。キッチンからは、カウンターを通して居間も見渡せた。そこに人影がないのはレースのカーテン越しに確認済みである。あとは、風呂場とトイレ。リビングと対面カウンター式になったキッチンには、メグたちが入って来たドアの他にもう二ヶ所、出入り口がある。カウンターの端は切れていて、そこからリビングに繋《つな》がっている。もう一ヶ所は引き戸で、弁当屋が使っている極薄のゴム手袋をした手でそっとその戸を開けると、狭い廊下と階段が見えた。階段は当然ながら二階へ、廊下は奥のトイレや洗面所、風呂場へと通じている。

「二階をお願いします」

メグが囁くと、太郎は頷いて階段をゆっくりのぼって行った。メグは廊下を進んで、まずトイレのドアを開けた。電気は消え、人はいない。

ひどく嫌な予感がした。朝子はいったいどこにいる？

知らずに膝が震えはじめる。そんな馬鹿な。そんな馬鹿なことはあり得ない。朝子は外出していない。決して。

決して？

メグは、廊下の突き当たりのドアを開けた。洗濯機置き場の設けられた広い洗面所。脱衣場を確保できる浴室はメグの憧れである。メグの住む部屋にはトイレまで一体になった信じられないほど狭いユニットバスがあるきりで、湯を溜めても膝を抱えないとからだを湯の中に沈められず、つい面倒になってシャワーだけで済ませてしまう。しかも脱いだ服も着替える服も、カバーをした便器の上に置くしかない。

綺麗に片づけられた洗面所だった。あかりは点けっぱなしだ。大きな鏡は戸棚の扉も兼ねているのが厚みでわかる。裏側には化粧品などを置ける棚があるわけだ。好奇心から鏡の下側に指をかけ、開けてみた。思った通り、整然と並んだ化粧品が見えた。品数はあまり多くない。化粧水、乳液、クリームの類い、マニキュアが二本。それに香水のサンプル。見覚えのある、舞踏会の絵のついた小壜だ。「ベルサイユの舞踏会《バラ・ベルサイユ》」と名付けられた、ホワイトローズを基調にした気品ある香り。鏡を元通りにし、浴室のドアに向き直った。半透明のガラスがはまっている。あかりが点いている……

心臓がどくんどくんと鳴った。

深呼吸ひとつ。

浴室のドアは中折れ式で、押すと真ん中で折れて中の方へと開いた。

暑さでムッとした。風の音に似た、ゴーッという音がする。浴室乾燥機だ、と即座に思った。熱風が頭上から吹き付ける。耐え切れなくて、中も見ずに扉を閉め、浴室乾燥機のスイッチを探した。時計を見て、ICレコーダーに時刻と浴室乾燥機のスイッチを止める、と吹き込んでから、スイッチを止め、もう一度扉を押した。

今度は熱風のせいで目が開けられない、ということはなかった。だから、目の前にあるものがよく見えた。


悲鳴はあげなかった。その程度の覚悟はできていた。が、膝の力が抜けて、思わずその場に跪《ひざまず》いてしまった。


人の頭。

浴槽から頭が、上半身が垂れ下がっている。

誰かが湯舟に浸かったまま、頭を垂らし、ぐったりとしてる……ぐったりと？


血。

血だ。

のぼせたわけではない。心臓麻痺でもない。風呂での死亡事故のもっとも多い原因、虚血性心不全、とかいうやつではないんだ。

だって……あれは血だもの。

頭から血が流れて……いや、もう固まりかけているのか、流れてはいないけれど、ともかくこれは血だ。

風呂場が、血の海だ。

それに。それに……これはいったい……誰？
これは……朝子ではない。
女ではない。
この、浴槽から投げ出された腕の毛や筋肉、骨、これは女の腕ではない。
でも、でも、だったらこれは誰？

ここで死んでいるのは、だれ？

第二章

1

『じ、時刻、午前四時二分、姫川家浴室にて、と、頭部から出血し気絶している人物を、は、発見。死亡していると思われる。か、確認する』

メグは、ICレコーダーに向かって喋っていることでかろうじて正気を保っていた。そうしていなければ、わーっ、と悲鳴をあげて逃げ出していたかも知れない。私立探偵は刑事ではない。惨殺死体に慣れているなんてことはあり得ない。小説の中のハードボイルドな探偵は、なぜ、死体を見てもあんなに平然としていられるのだろう。感性が鈍いとしか思えない。

『よ、浴槽から出ている左手の、み、脈をとったが確認できず』

死体の脈にあてた指がやたらと震えた。これでは脈があったとしてもわからないかも知れない。だが、どう見てもこれは死人だ。脈がどうのこうのと言う以前に、すべての雰囲気がすでにこの世のものではない。

『午前四時四分、死亡していると結論したい。身元を確認する』

どうしてこんなこと、あたしがしないとならないんだ、と心の中で泣きながら、メグはそっと死体の頭部を押し上げた。異様に重く感じる。

やっぱり男だ。

顔は意外と綺麗だった。少なくとも、顔に怪我は負っていない。それだけでも救いだ。致命傷は後頭部にある殴られたような陥没。凶器はたぶん、鉈のような重い刃物だ。陥没した傷のすぐ下にえぐったようなひどい裂傷もあり、血はそこから流れ出したものらしい。しかし、浴室乾燥機の熱風のせいで水分が失われて濃度がつき、ねっとりと赤茶色のジャムのような状態になってしまっている。浴室が血の海だ、と思ったのは衝撃から来る錯覚で、実際には流れた血はさほどの量ではない。死因は脳挫傷ではないか、とメグは思った。

それにしても、これはいったい、誰？

どこかで見たような気もする顔なのだが……

「大丈夫ですか」

音を殺して空気だけ吐き出したような囁きが聞こえた。振り返ると、太郎が大きく目をむいていた。

「そ、それは……」

「誰でしょう？」

メグは間の抜けたことを言っていると自分でおかしくなった。

「どこかで見たような気はするんです、この人」

「あ、あの」

太郎はさすがに男性、ぐっと踏ん張って立ったまま、あたしの背中を指さした。

「さっき、その中の書類で見た……」

「えっ」

メグは死体の頭を手から離した。頭ががくんと垂れて、手荒な扱いを抗議するかのように揺れる。

手袋に血が付いてしまったので、必死になって手袋をはずし、慎重に床に置いた。この手の薄いゴム手袋は使い捨てで、一度はずすともうはめられない。デイパックをおろして膝に抱え、中から調査関係書類を取り出してめくる。写真は数枚あったが、すべて朝子のものだ。スナップと証明写真。スナップの一枚に、朝子の隣に男が写ったものがあった。高原事務所の調査員がサインペンで、「→夫」と書き込んでくれたもの。

「げぇぇ」

思わず品のない声が喉から漏れた。だって、信じられない、そんなバカな……

「だ、だって、姫川均は確かにこの家を出て行ったのよ。そして絶対に、戻って来ていない。あたしはずっと見張ってた……均は韓国にいるはずです。高原事務所の方から何も連絡が来てないってことは、均はちゃんと成田から飛行機に乗ったってことだもの……こんなことって……」

「ともかく、逃げた方がよくありませんか。これ、どう見ても殺人事件ですよ」

「で、でも、朝子は？　二階に朝子はいたんですか？」

「寝室には誰もいません。部屋の空気はとてもひんやりしてました。長い時間、人が出入りしていない感じです。ベッドは綺麗になってました。北側の和室は物置きですね。懐中電灯で照らしただけですが、簞笥《たんす》やピアノなどがありました。押し入れも開けてみましたが、ぎっしりと物が詰まってて人が入れる隙間はありません。窓には鍵がかかっていて、その向こうの雨戸も閉ってました。ガラスの方の鍵はクレセント、雨戸の鍵は、木の横棒を横穴に通す方式です」

「外には鍵になっている横棒が出ない……外からかけることは不可能……」

「ですね。朝子は二階の窓から出たわけではないでしょう」

「だけど……ならば朝子はどこから家の外に出たの？」

「さっぱり」

太郎は首を横に振った。

メグはデイパックを背負い直し、脱いで丸めた手袋を慎重につまみあげると、ポケットから畳んだジプロックを取り出して、その中に手袋を落とし、ジッパーを閉めた。

「わかりました。ともかくここを出ましょう。高原事務所に相談しないと」

メグはICレコーダーに、遺体が姫川均のものであると推測されると吹き込み、ひとまず撤退、としめくくった。ゴムの手袋は着けるのに手間がかかるので、とりあえず、丸めていつもポケットに入れてある軍手を取り出してはめ、血だの風呂場の水分や石鹸カスが付いてしまったかも知れないシューズカバーもはずしてさっきのジプロックの中に突っ込んだ。軍手とジプロックは探偵稼業の常備品だ。スニーカーと靴下を脱ぎ、足を濡らさないよう後ろ向きで風呂場を出る。太郎も同じようにしたので、ひどく時間がかかった。洗面所で靴下だけ穿き、さらに爪先立ちで歩いて勝手口にたどり着き、やっとスニーカーを履く。

勝手口の錠は、出掛ける時には鍵が不要のプッシュ式だった。ボタンを押し込み、そっとドアを閉め、施錠を確認してから早足で前庭に出て、通行人がいないのを確認して一目散に見張り用のマンションへと戻った。

それから黙々と部屋を掃除する。その部屋を探偵事務所が借りていたことは早晩大家の口から警察に知れるだろうが、契約は高原事務所が行ったし、大家にトイレを借りに行くこともしなかったので、メグと太郎の顔は見られていない。高原事務所は、そう簡単に警察の圧力に屈して口を割るようなやわな事務所ではない。少なくとも、メグと太郎の存在を警察が掴むまでにはいくらか時間が稼げるだろう。

時間を稼ぐ？

メグは泣きたい気分だった。もちろん、あたしたちは何もしてないのに！

朝子が家から出たとすれば、勝手口のドアから出た以外には考えられない。二階の和室の窓は、外に出てから施錠することが不可能だ。そして南側は、寝室のサッシも玄関も、リビングのサッシも、正面上から常に見張っていたメグと太郎から丸見えである。が、勝手口のドアを出ると目の前にはすぐブロック塀があり、それを乗り越えたら隣家の庭である。庭は芝生と花壇に彩られた見通しのいいスペースになっていて、双眼鏡で見張っていたメグや太郎の視界に入らずにそこを通り抜けることは不可能だ。もちろん、隣家に入らずにそのまま自分の家の前庭に出れば、双眼鏡の中にしっかりとらえられただろう。

朝子は家から出ていない。メグはそう思った。彼女はまだ、あの家の中だ。

でも、なぜ？　なぜ家から出て来ない？

メグの脳裏に、縮こまった朝子の遺体が台所の生ゴミバケツの蓋《ふた》を開けると見える、そんな場面が浮かんで来た。

冗談じゃない。

「太郎さん、あたし、もう一度あの家、見て来る」

「え？」

太郎はゴミ袋の口を縛りながら驚いた顔になった。

「だって、もうじき五時ですよ。五時になったらジョギングする住人なんかが出て来ますし、新聞配達も来ます。危険です」

「わかってる。ね、太郎さん、高原事務所に電話して、今夜の一部始終を報告してください。そして指示を仰いで。あ、所長の高原咲和子に直接話をしてくださいね。他の人には何も喋らないで」

「それはわかっていますが、でもメグさん」

「大丈夫です。ほんの五分ほどよ。どうしても気になるんです。どう考えても朝子はあの家から出ていない。出ていないのならば、今でもあの家の中にいるはず。それを確認したいの」

「家の中にいるって、しかしさっきのは夫の死体ですよ。やったのは朝子かも知れない」

「だったらなぜ、すぐに逃げないの？　我々が見張っていることを朝子は知りません。知ってたら仕事にならないものね。均が話したはずはないし、均の依頼を受けた高原事務所がうっかりそれを朝子に知られてしまうなんてドジを踏むことは考えられません。我々が見張っていると知らなければ、こんな真夜中で通りには人っこ一人いないんだもの、さっさと現場から逃げていたはずでしょう? 逃げる気がないならどこかに電話して、自首していた。でもあの浴室が異様に暑かったのを憶えてます?」

「そういえば……むっとしてましたね」

「浴室乾燥機が作動していたんです。それも、換気装置ではなく、熱風が出ていました。普通はね、あれ、雨で洗濯物が乾かない時なんかにお風呂場を乾燥室として利用するために使うものです。ものすごい音もするし、スイッチの切り忘れなんてことはあり得ない。タイマーもついています。つまり、誰であれ均を殺した犯人があのスイッチを入れた」

「……死亡推定時刻の混乱、ですか」

「たぶん。今の法医学だと、胃の内容物だとかその他、死亡推定時刻は様々なデータから出すでしょうから、あの熱風だけでどの程度ごまかせるものなのかは疑問です。でも、少なくとも混乱することは間違いない。外気温を上げると死後の死体の腐敗や硬直は早まるし、血の乾きだって早くなる。犯人が、自分は捕まりたくないと思っていることは間違いない」

「あの、それじゃ……」

「朝子が犯人なら、逃げるか、呆然《ぼうぜん》とするか、自殺するか、いずれにしても、家の中にいてかくれんぼする必要はないんです」

太郎の顔がくちゃっと歪《ゆが》んだ。太郎は気の優しい男だ。凄惨《せいさん》なシーンをうっかり想像してしまって、自分の想像が怖くなったのだろう。

「二人で確認に行って万が一のことがあったら元も子もありません。この際、別行動をとってリスクを分散しましょう。太郎さんはゴミと荷物をすべて持って、高原咲和子の言う通りにしてください。あたしも、朝子を発見したら、何もせずにすぐにあの家を出て、あなたの携帯に連絡しますから」

「わ、わかりました」

太郎は首振り人形のようにがくがくと頷いた。いくら自分の小説の中では人を殺しまくっている推理作家でも、現実に殺人事件に巻き込まれることなどは、当然ながら予想の外だ。

メグは太郎に後をまかせてもう一度姫川宅に向かった。そろそろ夜明けの匂いが空気の中に漂いはじめ、まだ真っ暗な空とはいえ、気のせいなのか藍色《あいいろ》がうっすらと混じっているように感じる。しかし今は一年中でいちばん夜が長い時期だ。日の出は午前七時近くなってからのはずだった。その二時間前から空が白みはじめるとしても、もう少し、この闇は続いてくれる。

太郎から借りた針金でバネ錠をはずすのに少し手間取ったが、新聞配達もまだ通りかからずジョギングおじさんの姿も見えず、無事に家の中へとすべり込んだ。

自分はいったい何を探そうとしているのだろう。

メグは、馬鹿なことはやめてさっさと逃げなさいよ、と心の中で何度も自分に言ってみた。が、からだは動くのをやめてくれない。

論理的に考えて、朝子が家の中にいる理由はひとつだけなのだ。それを今、自分は探している。

キッチンの中に、朝子はいなかった。生ゴミの箱、食品ストック棚、流し台の下。冷蔵庫まで開けてみた。それから廊下に出て、階段下の収納庫に気づいた。ここだ、と思い、震える手で把手を引張った。しかし、現れたのは買い置きのトイレットペーパーに掃除用具。安堵《あんど》の溜息をつき、リビングに向かった。まず、そっとサッシ窓に近づいてぶ厚い方のカーテンを閉めた。これで、新聞配達やジョギングの通行人から見られる危険性はなくなった。ぐるっとリビングを見渡す。あかりが煌々《こうこう》と点いたままなのが不自然でひどく居心地が悪い。本棚は扉がガラスなので問題外。テレビの下は？　ビデオデッキがあるだけ。テレビの脇の小物入れ。引き出し式なので不可能。ソファの下にも顔を突っ込んでみる。床との隙間は十センチ。不可能。飾り棚に目が向く。下部は見開きの扉になっている。また震えが来そうだった。呼吸を止めて扉を開いた。細々とした生活雑貨が、百円ショップで売っている合成樹脂製のケースに几帳面《きちょうめん》に分類されて収められていた。ラベルが貼られている。薬。裁縫用具。文房具。取説書。ポイントカード。保険証／診察券。これもまた、見習わなくてはならない朝子の美点だ。こんなふうに整理整頓しておけば、使いたい時に探さないで済むよね。
扉を閉めた。朝子が主婦として優秀であることは充分わかったが、その朝子はここにはいない。

二階か。メグは、階段をのぼった。合理的ではあるが余裕のない設計の家らしく、階段は狭くて角度が比較的きつい。二階にあがると短い廊下。一階の廊下は南北だが、二階のそれは東西で、フロアを南側の寝室と北側の和室に単純に二分している。二階にもトイレがある。東のはずれ、階段の脇。メグはそのドアを開けた。あかりを点けなくても、中に人などいないことはわかった。一階のトイレに比べて格段に狭く、小物を入れておく棚すらない。突っ張り棚、と一般に呼ばれている、壁に釘など打たなくても取り付けられる簡易棚が便座の上方に渡されていて、予備のトイレットペーパーが整然と並んでいる。剝《む》き出《だ》しのままペーパーを並べているのは、朝子のように整理整頓が好きな主婦の仕業としては奇異にも思えるが、その理由をメグは、最近読んだ家事のハウツー本から仕入れた知識として知っていた。トイレットペーパーにはとても優れた脱臭効果があるのだ。靴の棚などにひとつずつ置いておくだけで、脱臭剤が不要なほどらしい。剝き出しでペーパーを突っ張り棚の上に並べておくのは、来客に対してはあまりみっともいいものではないだろうが、家族の者、自分と夫しかそれを見ない状況であれば立派に合理的な主婦の知恵だった。そして、物置きにしている和室と寝室しかないこの二階のトイレを来客が使う可能性はほとんどないのだ。

メグはトイレから離れ、まず南側の寝室に向かった。

寝室は広かった。一階のリビングとほぼ同じくらい、畳にして十二、三畳分はありそうだ。セミダブルのゆったりとしたベッドが二台、ホテルの寝室のようにきちんと間隔を開けて並べてある。アメリカ人の夫婦の寝室ならばあり得ない光景だが、日本ではこれで不思議はない。東側の壁には規則正しく縦に線のように隙間がある。壁面収納だ。おそらく、夫婦の服がずらっと収納されているのだろう。まずはここが可能性大。

ひとつずつ、息をひそめるようにして扉を開けた。コート類、男性用スーツ、女性用のワンピースやツーピース、ブラウス、スカート。すべて整然とハンガーにかけられて並んでいる。これだけ収納スペースがあれば衣替えも不要だろう。かかっている服をいちいちどけて奥まで覗いた。何もない。

メグは溜息をついた。

何もないことはある意味、喜ばしいことなのだ。だが、それならば朝子はどこに行ってしまった？

太郎は探偵としてそこそこ優秀な人材だった。この部屋に朝子がいたとしたら、見逃していたはずはない。それでも、ベッドカバーの上から掌で丹念に押えて、中に何もないことを確認する。カバーはさほどきちんとかけられてはいない。朝、起きてからさっとかけた、そんなふうに見える。まあそれが普通だろう。来客に見せる予定もないのに、毎朝神経質にベッドメイキングをしている方が異様だ。

西側の壁には和服などをしまっておくのに便利そうな、幅の広いチェスト、手紙などをちょっと書くのに使えるライティングデスクが並んでいた。義務のようにチェストの引き出しを開けてはみるが、そんなところに朝子がいるはずがない。

寝室を諦《あきら》め、最後の部屋、和室へと移った。

和室の入り口は引き戸だった。雨戸が閉っているので、あかりを点けた。ゆったりとした大きな畳の六畳間だ。京間、という大きな畳の間取りがあることは知っていたが、ここの畳も普通サイズよりひとまわり大きく思える。だが、本来は客が泊まる部屋として和室に作られているのだろうが、姫川夫妻には家に泊まりに来るような友人や親戚はいないとみえて、まったく物置き状態になっていた。一階の本棚に入り切れなかった本が、安物のスチールラックに詰め込まれている。ゴルフバッグやカバーをかけたスキーの板。古い型のステレオ。今ならマニアが喜びそうな、レコードプレーヤーにラジオが付いた一体型だ。人形のケースが三つ。結婚祝か何かで貰ったものだろうか、どれも博多人形で、なかなかいいものに見えるが、夫妻のインテリアの好みには合わなかったらしい。蓋が閉ったままのダンボール箱が数個。すべて開けてみたい衝動に駆られたが、全部ガムテープで封がされていた。大きさからして、朝子がその中にいる可能性はないと判断する。どれも外側にマジックで、雑誌、と書いてある。夫妻のどちらかが、特定の雑誌のバックナンバーでもコレクションしているのかも知れない。未練が残って、拳《こぶし》で外側をとんとん叩いてみたが、不審な音はしなかった。

いない。この部屋にもいない。どこにもいない。

窓に近寄り、クレセント錠と雨戸の横木を確認する。太郎の報告通り、外からその鍵を閉めるのは不可能だ。少なくとも、朝子がこの窓から外へ出たはずはない。

メグは、同じ屋根の下に惨殺死体があることも忘れて、狐につままれた、という状態を具体的に体感していた。

が、いつまでもそうしているわけにはいかない。すでに午前五時半に近い。メグは慎重に勝手口のドアから出て、通りに人がいないことを充分確認してから外へ出た。あとは、地下鉄の駅までひたすら、早足で歩いた。

2

「つまり、姫川朝子はどこに行ったの?」

高原咲和子は煙草《たばこ》の煙りを口からぷっかーっと吐き出した。思わず、けほっ、と咳が出る。

「あんたと太郎ちゃんが録音した記録をつき合わせると、朝子が夫を殺したとしてもいつ逃げたのかわかんないじゃない」

「その前に、そもそも被害者の均はいつ、あの家に戻ったんでしょうか」

太郎がおずおずと言う。太郎は咲和子の迫力の前ではいつも、たじたじとなっている。

「それも謎よねぇ、確かに」

咲和子は天井を見上げ、また煙を吐いた。

「うちの調査員がドジこいたのは認めるわよ。姫川均に関しては、今回はあくまで依頼人であって調査対象者ではなかった。だから、本当に韓国行きの飛行機に乗ったのかどうかまで確認しなかったのは事実。報告では、手荷物検査のゲートをくぐったところまでは確認して、そこで尾行を終了したことになってるの」

「手荷物検査のゲートをくぐっただけだと、そこから引き返すことは可能ですね」

「そう。徹底的にするなら出国審査を通過するところまで見届けるべきだったんでしょうね。でもほら、知ってるでしょ、成田の場合、手荷物検査を受けるにも航空券が必要なのよ。まさか依頼人の追尾をするためだけに、使いもしない海外への航空券まで購入する余裕は、いくらうちでもないしさ。ま、そこで尾行を中断したのは致し方ない判断でしょう。でも、もしうちの調査員がそこですぐに帰って来ないで、十分でも待ってたら、たぶん、何か理由をつけてゲートのこちら側に戻って来る均に気づいたはず」

「尾行がバレてたってことはないの？」

メグの大胆な発言に、咲和子は口をへの字にしてメグを睨んだ。

「ない」

「なんでそんなにはっきり断言できるのよ」

「均を尾行させた大竹《おおたけ》は、うちでは尾行術のナンバーワンなの」

「だけど、尾行に気づいてたんじゃないなら、どうして均はわざわざ成田まで行って、手荷物検査ゲートまでくぐって見せたわけ？　誰かに見せようと思ってたんじゃなければ、そんなことしないでしょ」

咲和子はむくれたような顔で、渋々頷いた。

「しないでしょうね。成田エクスプレスに乗るだけだって安くないしね。空港使用料も払わないとなんないし」

「じゃ、やっぱり、気づかれてたんだ」

「っていうより、最初から均は尾行を想定していたんでしょ。うちの事務所に朝子の不倫調査を依頼した時点で、万が一自分が尾行されてもちゃんと飛行機に乗ったと思わせられるよう、細心の注意を払っていた」

「つまり」

太郎がまた、おずおずと口を挟んだ。

「朝子の不倫話をでっちあげて我々に姫川宅を見張らせたのも、何か魂胆があったからですか」

「探偵事務所に自分の妻を見張らせて、しかも自分は海外出張だと嘘をついたんだから、何か魂胆があったのは間違いないでしょうね。だけど、警察が乗り出すような犯罪を企んでいたんだとしたら、海外出張ってのは最低の言い訳よ。手荷物検査のゲートぐらいはごまかせるかも知れないけど、出国審査とか韓国での入国手続きとか、ごまかすとなったら大騒ぎになる。偽造パスポートくらいは用意しないとならないでしょ」

「でも均は、自分が海外に出掛けたと思わせておいて、こっそりと自宅に舞い戻っていた……で、誰かに殺された。均はいったい何をしようとしていたのかしら」

「さっぱり不明」

咲和子の日本語は時々、よく言えば個性的、悪く言えばデタラメになる。

「所長、で、あの死体のこと、警察に通報は？」

「それよね、大問題なのは。市民の義務としては殺害された遺体を発見したんだから警察に通報すべきなんでしょうけど。だけど、そうなるとあんたたちの録音したレコーダーも警察に提出することになるのよね。となると、よ、昨日の午後、均が出掛けてから以降、姫川宅に出入りしたものは誰もいない、ってことになっちゃって、これはちょっとしたミステリーよ。結局、あんたたちが嘘を吹き込んだんじゃないかと疑われるだろう、というのがあたしの推測。それでもいい？」

「いいわけないいじゃないの」

「じゃあこのまま黙ってようか」

「それでごまかせる？」

「無理」

咲和子は濃くいれた紅茶を啜った。咲和子はコーヒーより紅茶、それもストレートでダージリンを好んでいる。

「あんたたちが見張りに使ったマンションの大家の口からすぐにバレちゃうもん。しかしまあ、職業上の守秘義務ってやつはあるし、うちとしても市井《しせい》の私立探偵が警察にあっさり屈服したなんてのはみっともなくて評判に響くから、姫川宅を探偵が見張っていたことと姫川均が殺害されたこととの間に明確な因果関係を立証してくれなければ協力できない、って粘ることは可能でしょうね」

「どのくらい粘れる？」

「うーん」

咲和子は考えるふりだけして言った。

「せいぜい三日。均は二泊三日の韓国出張を偽装していたわけだから、会社には三日間、休暇を届け出てるはず。会社が均の無断欠勤を疑問に思うのは早くてあさって。朝子の方は専業主婦で子供もいないし、週に一度ずつ、英会話教室と生け花を習いに行ってたらしいから、そのお稽古を無断で休んだと疑問に思われるのがいつなのかはお稽古の曜日を調べないとわからないけど、ま、最大四日以内には誰かが電話して来るでしょうね。その電話に誰も出ないことでさらに不審に思われるのに二、三日かかるとして、誰かが家を調べに来るのは一週間後くらい？　その頃には風呂場の死体が腐って臭い出すから、近所の人が市役所あたりに通報するかも知れない。犬か猫の死体が腐ってる、とか言って。いずれにしても、交番から誰か来て調べることになって、遺体発見。騒ぎになって、マンションの大家が探偵事務所に部屋を貸したことを警察に報告、うちに電話が来て、その時の探偵の名前を言えとおどされて、そこから粘ったとして、の話よ」

「話が長くてよくわかんないけど、つまり、うまくいけばあと十日くらいは稼げるってこと？」

「そ。あんたたちが海外に高飛びする余裕はある」

「なんであたしたちが高飛びしないとならないのよ」

「だって、あんたたちの調査結果からすれば、あの家は均が行ってきまーす、と出掛けた後、出た者も入った者もいなかったことになるのよ。どっかから中に入った均はともかくとして、中にいたはずの朝子はどうなっちゃったのよ。朝子の死体はどこにも隠されてなかったんでしょ？　あるいは、夫を殺して自殺したわけでもないんでしょ？」

「自殺してないかどうかはわからないけど、死体はどこにもなかった」

「目の前に家が一軒」

咲和子は指を一本立てた。

「周囲は別の家で取り囲まれている。後ろの家との距離は？」

「壁と壁の間が四十センチはないかな」

「人は通れる？」

「境界にある塀の上を横になってそろそろ歩けばなんとか。でも東に歩けばすぐ、隣家の庭から丸見えになる。西に歩くと二軒分家を通り越して、三軒家が並んだ西側にある私道に出る。どっちにしても、あたしたちの視界に入ったはず」

「よろしい。つまり二階とか風呂場の窓から裏に出たとしても、あなたたちに見つからなかったはずはない」

「二階の窓は無理よ。雨戸の横木は外からは絶対に差し込めないから」

「風呂場の窓は？」

「鍵の確認まではしてないけど、ちらっと見た限りではクレセント錠がかけられた曇りガラスの窓。でも窓の外は勝手口の外と同じ、隣家との境のブロック塀。そこから人間の頭がにゅっと出て来たりすれば、あたしたちにはばっちり見えた」

「これまたよろしい。勝手口のドアも条件は同じね？」

メグは頷いた。

「で、もちろん正面玄関とリビングの掃き出し窓、それに二階のベランダは問題外、と。ね、これじゃまるで脱出マジックショーよ。いったいどうやって、姫川均は家の中に入ったの？　そしてどうやって、姫川朝子は家の外に出たの？　夫婦はいつ、入れ替わったの？」

「通報しましょう」

太郎が泣き出しそうな顔で言った。

「黙っていてあとで逮捕でもされちゃったら、それこそ犯人にされますよ、僕たち」

「通報したって犯人にされるわね、今の状況だと」

咲和子は軽く太郎を突き放した。

「まあ、ちょっと様子だけ見てみましょうよ。死体は早く発見させて解剖してもらわないと、一週間も経っちゃうと犯人の思うツボだし、なんとかする」

「なんとかって?」

「誰かが警察に通報するように仕向けるわ」

「そんなことできるわけ?」

「あなたがするのよ」

「あたしが?」

メグは啞然《あぜん》としたが、咲和子は平然としていた。

「大事なことよ。後になって、警察に通報したのがあなただってバレてくれれば、それだけでもあなたの犯行を否定する材料にはなる。犯人だったら死体の発見が遅ければ遅いほど有利だ、というのがまあ、一般論だし」

「だったら今、通報してさっさと警察を呼ばないと」

「あまり迅速過ぎても疑われるのよ。第一発見者を疑うのは殺人事件捜査の基本ですもんね。それと、少し発見が遅れた方が犯人の目論《もくろ》みをはずせるってこともある」

「犯人の……目論み?」

「浴室乾燥機よ。いい?　浴室乾燥機を使って風呂場の温度を異様に上げ、遺体の死後硬直や腐敗を早めようとしたのはなぜ？　もちろんアリバイ工作だわ。でしょう？」

　メグは頷いた。

「でも」

　咲和子は指をまた立てて振った。

「浴室乾燥機ってのは無制限に作動し続けるようにはできてない。ものすごく電気代がかかるから、一定時間経つと切れるようにタイマーをセットしないと動かないようになってるのが普通よね？　ちょっと、あなたの録音を聞いてみるわよ」

『……洗面所にも人の気配なし。洗面台の横、洗濯機。蓋を開ける。洗濯物。ジーンズ。白いTシャツ。女物の赤い靴下。花柄の下着など多量。まだ洗濯はされていない。浴室。あかりが点いたまま。ゴーッと風のような音。換気扇か』

インターバル。ドアの開く音とゴゴーッという雑音。

『やはり浴室乾燥機作動中。停止させる。タイマー残り時間三十分。もう一度浴室に入る……』

「ね」

　咲和子は自分で頷いた。

「タイマーは残り三十分だった。その浴室乾燥機が最長どのくらいのタイマーがかけられるかわからないけど、均が成田でうちの尾行の前から姿を消した時刻が午後三時半過ぎ、それからすぐ自宅に引き返したとしても一時間半はみないとね。そうなると殺されたのは早くて五時。午前三時過ぎの段階でタイマーがまだ少し残っていたところからして、殺されたのはもっと後でしょう。六時間タイマーをセットしていたとしても九時半。犯行が九時半以降であるとして、アリバイ工作に犯行時刻をもっと前だと思わせようとしたわけだから、逆に犯人は、均が自宅を出てから夜九時、十時頃までは完璧なアリバイを作っているはず。そのアリバイを使えなくしてやれば、犯人は慌てるでしょ？　丸二日あれば、数時間の死亡推定時刻の差には意味がなくなる」

「でも、それなら犯人はなんとかして早く遺体が見つかるように仕向けるんじゃない？」

「それならそれでいいわけよ」

咲和子はニタッと笑った。

「均の遺体を早く警察に発見させようとする人間がいたら、そいつが犯人よ」

3

「ほんとにいいんでしょうか」

太郎は心細そうに呟いた。

「もし我々が殺人容疑で逮捕されてしまったりしたら……」

「咲和子があたしたちを見捨てることはないと思う」

メグは自分でも半信半疑ながらそう言った。

「最終的に潔白が証明されるなら、逮捕されたこともネタになるわよ。知名度がアップして、一気に人気作家かも」

太郎はへなへな力なく笑った。ポジティヴ・シンキングが苦手な性格なのだ。

このまま電車にでも飛び込まれたらことなので、太郎を自宅の近くまでさりげなく送ってから、メグは事務所に戻った。

何か、違和感がある。メグは濃いめのコーヒーをいれて啜りながら、徹夜明けの頭をすっきりさせようと頑張ってみた。

そう、あたしは何か、何か大事なことを……見落としたか、あるいは見ているのにその意味を理解していない……

咲和子が均殺しの犯人に一杯食わせたがるのは理解できる。少なくとも均は、高原事務所を騙《だま》して何かしようとしていた。それも、高原事務所の調査員が自宅を見張っていることとを前提に。つまり咲和子は均にコケにされたのだ。だがそれだけならよかった。さらに、犯人もまた高原事務所を利用したのだ。

犯人は、探偵が自宅をずっと見張っていることを知っていた。だからその探偵の視界に入らない方法……いったいどんな方法だったのか今のところまるで想像もつかないけど……を使って、こっそりと家の中に入り、こっそりと出て行った。もし犯人が自分や太郎の存在をまったく知らなかったとしたら、何もそんな、忍者みたいな真似をする必要はなかったのだ。犯行時刻は早くて午後九時、実際にはもっと遅かっただろう。人通りが皆無だったわけではないが、気にするほど多くはなかった。姫川宅から出て行くところを誰かに見られたらまずいとしても、その瞬間さえ気をつければ、地下鉄の駅までの間に誰と擦れ違ったところで大丈夫だったろう。街灯はあったが全体として住宅地の奥は暗く、擦れ違う人間の顔なんて通行人はいちいち気にしていない。

それなのに、犯人はまるで消え失せたように退散した。真正面から探偵がじっと見張っていると知っていたからの行動に間違いない。

さらに、いちばん大きな問題は朝子がどこに行ったのか、である。

朝子が均を殺した、と考えれば、均がいつ、どうやって家の中に入ったかの疑問は残るとしても、犯人が家の中に入った方法は考えなくてよくなる。が、朝子はいつ、どうやって出て行ったのか。高原事務所を雇ったのは均であり、表向きの目的は朝子を見張るためだった。従って、朝子が探偵の存在を知っていることはあり得ない……均と朝子がぐるになって一芝居うった、というのでなければ。

均と朝子が共謀して高原事務所を騙し、不倫疑惑をでっちあげた、としよう。ではその目的は？　私立探偵に家を見張らせることにどんなメリットがあったのか。夫婦で殺し合うことが目的だったはずはないし、あるいはどちらか一方、結果から推測して朝子の側にだけ夫に対する殺意があったとして、夫をどんなにうまく言いくるめてあのややこしい状況を作り出したのだとしても、それで殺人者にとってのメリットなどまったくないのだ。探偵が見張っている家の中で、均は何をしようとしていたのだろうか。

「さっぱり、わけわかんない」

メグは声に出してそう言って、コーヒーを啜りかけ、やめた。そうだ、あたしは徹夜してたんだ。仕事もないし、なんでコーヒー飲んでまで起きてないとならないのよ。

寝よう。

事務所のソファは依頼人のためというよりはもっぱら自分のために、無理してちょっといいものを置いている。毛布一枚も常に机の中に入れてある。睡眠不足は頭の働きを鈍らせ、お肌にも悪い。

さすがに、一般人の生活にはかなり馴染《なじ》んでいるメグでも、昼間の明るい陽射しの中でうたた寝するような真似だけはできなかった。窓辺のカーテンは遮光率99・9％の暗室用遮光カーテンで、さっとひくと室内は暗闇になる。依頼人がいきなり入って来たら困るので、とりあえず鍵をチェック。ベルが鳴れば目が覚めるだろう。ソファに横たわり、毛布を顔までかぶったら、すぐに睡魔が襲って来た。

＊

お、重い。

確かに悪夢を見ていたような気がするのだが、本当に悪夢なのかそれとも、悪夢を見ていたような感覚があるだけなのかわからなくなっていた。村にいる頃、黒猫のジャックという相棒と暮していたことがある。ジャックはごく普通の猫だったので十八年しか生きなかったが、メグのベッドに潜り込んで寝るのが大好きで、暑くなると毛布から這《は》い出してメグの胸の上で涼んだ。そのおかげで、悪夢にうなされることがしょっちゅうだった。その頃のことが脳裏に浮かんだ、ということは、自分の胸の上に今、何かが乗っているということ……？

ウニャ～


黒猫だった。目と目が合う。

違う、こいつは地球の猫ではない。

「……糸井さん」

メグは、すました様子で顔を洗っている黒猫に向かって言った。

「何してるんですか」

ウニャニャ。

「どいてください」

ウニャニャン。

「どけよっ」

メグは毛布を思いきり引張った。ぴょん、と身軽に床に飛び下りた黒猫が、どろん、と人間の男の姿に変わる。

「警察官が変身なんてしていいと思ってるわけ？　バレたら村に強制送還よ！」

「警察官服務規程には、猫に変身してはいけないとは書いてない」

「そんなものいちいち書くわけないでしょう！　どうでもいいけど、どこから入って来たの？　鍵はかけてあったはずなのに……」

「警察手帳見せて、大家さんに鍵を借りた」

「し、職権乱用！」

「とんでもない」

糸井は、起きあがろうとしたメグの頭を上から押さえつけてまたソファに座らせた。

「仕事なんだよ、これも。ちょっと訊《き》きたいことがある」

メグは、背中にひんやりしたものを感じた。糸井の瞳がいやに輝いて見える。

「メグ、あの写真はどこにある？」

「あの写真？　なんのこと？」

「クリスマスローズ連続殺人事件の現場写真だよ。スキャンデータをカラープリントしたものをあんたに渡しただろう、昨日」

「ああ、あれか。あれならバインダーの間に挟んであるわよ」

「そのバインダーはどこだ」

「どこって、あたしのデイパックの中」

メグが立ち上がろうとすると、糸井はまたメグの頭をこづいて座らせた。

「ちょっと、何するのよ」

「いいから座ってるんだ。そのデイパックってのはあれか？」

糸井は、事務机の上に置かれている赤い袋を指さした。メグが頷くと、自分で机まで歩いて行ってそれを手にとって戻って来る。

メグは手渡されたデイパックを開けて、中からバインダーを取り出した。背負って歩くのに重たいのは嫌なので、百円ショップで売っているビニールのぺらぺらしたものを使っている。なんでもかんでもとりあえずはそこにファイルとして一時保管して、ひとつの調査が終わって報告書を作る時に、そこから関連したメモや写真などをすべて抜き取って資料として使い、報告書を依頼人に手渡したら、そのコピーと共にメモも写真もそっくり袋に入れて保管している。

メグはバインダーを開いて、透明なビニールポケットを何枚かめくった。その中のどれかに写真を突っ込んだ記憶があった。姫川宅での仕事に出る前だったので、後でゆっくり見ればいいや、と適当に入れておいたのだ。どっちみち、クリスマスローズの連続殺人は自分とは無関係なんだから、と。

「あ、あった」

メグはぺたぺた吸い付く透明ビニールの袋に指先を入れ、写真を引張り出して糸井に手渡した。

「これだけ?」

糸井が枚数を数えて言う。

「五枚しかない。昨日メグに渡したのは全部で六枚だ」

「だってそれだけしか預かってないわよ。六枚あったってどうしてわかるの？」

「一現場に二枚ずつ、三つの殺人で六枚なんだよ。床の接写と部屋全体が見回せるもの」

「そんなの……見たかしら」

「見たさ」

「だけど、それしか入ってないもの」

メグはもう一度バインダーをめくりながら言った。

「ほんとにそれしかないわよ。あなたの勘違いなんじゃないの？」

糸井はスーツの胸ポケットから何か取り出し、それをメグの鼻先につきつけた。

写真。

確かに見たような憶えのある室内写真だ。床には白いロープで遺体の形。散乱する白い花。女性の部屋だというのは一目瞭然だった。赤いハートが散ったピンク色の小振りのクッション。ソファベッドのカバーも同じ柄。白いチェスト、食器棚。食器棚の上に、まだ開けていないワインのボトルが寝かせてある。木製のワインラックと、銀色のオープナー。チェストの上には小さな白いクリスマスツリー。ツリーは倒れて、オーナメントがはずれてチェストの上に散らばっている。かわいらしい小さなロウソクのオーナメント。トナカイとサンタのオーナメント。真っ赤なリンゴのオーナメント。銀色の十字架《クロス》のオーナメント。ツリーに残っているのはてっぺんの銀色の星と、全体にからめてある豆電球。それらが散らかったチェストの上は、この部屋の持ち主がお気に入りの小物を飾っておく場所でもあったらしい。写真立て。マトリョーシカ。陶器の小さな猫。それから、やはり倒れて割れた花瓶。どうやら殺人者が気の毒な被害者の首を絞めた際、クリスマスツリーを倒してしまって、その勢いで花瓶も倒れたのだろう。

「その写真……」

メグが手を伸ばそうとすると、糸井がそれを高く掲げた。

「これがどこにあったのか、なんで俺が持っているのか知りたくないか？」

「それはまあ、知りたいけど」

「随分と呑気な言い方をしてくれるじゃないか」

糸井の顔が険悪な笑みで埋まった。

「この写真は捜査本部のマル秘資料なんだぜ。これをあんたに渡したってことが上にバレたら、俺はクビなんだ。で、あんたに渡したものがどうしてここにあるのか、だが。それについて何か意見は？」

「い、意見って言われても……」

「俺がこれを拾ったのはどこでしょう」

「拾った？」

「そうだ。これは、なんと、落ちていた」

「どこ……に、落ちていたのでしょう……きゃあっ」

メグは、言葉に詰まって喉がひきつれるのを堪えた。

「ど」

いきなり糸井の両手がメグの首に伸びた。ぐぐっと首を絞めながら、がくがくと前後にメグを揺する。

「や、や、や、やめ、やめ、て……」

「この、ヘタレ探偵っ！」

糸井の怒鳴り声で耳がキーンと鳴った。

「こんなもんを張り込みしてた部屋ん中に落としやがって！　なんでちゃんと、撤収する時に床を見回さないんだぁっ！　おまえのせいで、俺はあやうく職を失うところだったんだぞ！　これを見つけたのが俺じゃなかったら、どんな騒ぎになってたと思う！」

あんまり前後に揺すられて頭がボーッとして来たのと、喉を絞められているので呼吸が苦しいのとで、メグの意識は急速に薄れていった。だが失神する寸前まで、メグは考えていた。あのマンションの空室に、本当にあたしは写真を落としたのだろうか。よりにもよって、あんなやばい写真を？

確かにデイパックは何度か開けた。バインダーも取り出した。ICレコーダーだけではなく、メモもちゃんと取ったから。太郎と話し合ったことも書き留めた。何度かバインダーを入れ、そして出した。だけど、あの写真のことなんかケロッと忘れていたのだ。一度も取り出していない。太郎に見せてもいない。なのになぜ？　なぜ……？

……？？？

4

あ……ん。あふ……ん。

あまりの気持ちよさで目が覚めた。待って、やめないで、もっと続けて……

メグは両腕を伸ばし、目を閉じたままでその首を抱き寄せた。続けてったらぁ。

「こら」

頭をはたかれた。

「気が付いたんならさっさと起きろ」

「ケチ」

メグは目を開けた。糸井の形のいい牙から血の糸がすっと滴っている。だが見る間に牙はするすると引っ込んだ。

ヴァンパイアにとって吸血行為は様々な意味を持つが、時として、失神した際の気付けにも使われる。一般的な人間からすると、輸血するのではなく血を抜いたらますます状態が悪くなりそうなのであるが、ヴァンパイアの牙は基本的に蚊の口と同じような構造をしていて、血を吸う前に特殊な液体様のものを注入する。一般的人間の言葉で言い換えれば、愛の雫《しずく》、とでも言えそうなモノである。愛液、と言うと何かもっと別のものを連想しそうなので、なんと呼べばいいのかわからないが。

この液体様のものを注入されると、それはもう、たまらないくらい気持ちがいいわけである。セックスで感じる快感なんて、この快感に比較したら苦痛の方に近いくらいのものだ。たぶん、脳内麻薬の一種なんだろう。蚊の場合も、最初に注入する体液には血を固まりにくくする作用と麻酔作用があるらしい。吸血鬼も蚊も構造としては同じ種類の生き物なんだな、と思う。

「どさくさにまぎれて吸ったでしょ」

「栄養が足りてないな。ジャンクフードばっかり食ってる味だ。映画のトム・クルーズに憧れてニューヨークに行った仲間がいるんだが、ニューヨークの人間の血ほど不味《まず》い血も珍しかったと逃げ帰って来た。ほとんどの人間はジャンクフードと缶詰めのミートソースをかけたスパゲティで生きていて、ジャンクフードを食わない連中はナチュラル志向とかで野菜ばっかり食ってるらしい」

痛いところをつかれる。確かにここのところ、自炊をさぼってハンバーガーとピザと牛丼で生きていた。栄養のバランスが崩れると血に余分な濃度がつき、味もべたっとしつこ

首も絞めたくせに。

「だいたい、ちょっと揺すったくらいで気絶するなんて、トレーニングも足りてないな。体力は探偵の基本だろうが。毎日走り込みぐらいしろよ」

「じゃ、喋ってもらおうか。ゆうべ、何を見た？」

「な、何をって……あの、ちょっと訊いていい？　あなたはどうして、あのマンションに行ったの？」

「質問するのは俺、答えるのがあんただ」

「そうはいかないわよ。私立探偵には鉄則があるのよ」

「依頼人の秘密は漏らさない、か」

「その通り。調査に関することはすべて、依頼人の秘密の一部。相手が警察でも無闇に喋るわけにはいかないの。それをあたしに質問する理由を聞かせて」

「わかってるくせにとぼけるな」

「推測することができるってことと、事実を知ってるってことは次元が別の問題。守秘義務と照らし合わせてなおかつ、社会の秩序を保つために必要であると判断できた場合でなければ、いかに警察といえども」

「うるさい」

糸井はひどく不機嫌な声になった。

「さっきも言っただろう。俺はあんたのドジのせいで、あやうく大変なことになりかけたんだ。言葉遊びやってる暇なんてないんだよ。いいから教えろ。あんたと青海太郎、いや、白鷺彰一先生が目撃したことを洗いざらい喋ればいいんだよ」

「どうして太郎さんが一緒だったってわかるのよ」

「わかるさ」

糸井はニヤリとした。

「そもそも、おまえが絡んでるってわかったのは写真のせいばかりじゃないんだ。現場付近を聞き込みした捜査員が、窓から外を見てた受験生が、ちっちゃなコウモリを見てたって証言をひろって来たのさ。この写真が落ちてた部屋の真下の窓だ。真夜中の三時頃、小さなコウモリが、まるで何か調べてるみたいに熱心に現場の家の二階ベランダを飛び回っていた。しかもそのコウモリは、自分の部屋の真上に飛んで行った。慌てて窓から顔を出した受験生が、この写真が落ちていた部屋の窓の中にコウモリが飛び込むのを見てる」

メグは、あちゃー、という顔を糸井に見られないよう下を向いた。迂闊《うかつ》だった。自分たちの足の下に、あんな時間でも起きて窓の外を見てる人間がいただなんて。

「これはなかなか興味深い事実だ。我々の仲間でも、コウモリに変身できる者はそう多くない。そしてその中でさらに、村を出て一般人に混じって生活している者となれば、それこそ十人はいない。その中の一人が、あんたとつるんで探偵やってる推理作家の白鷺彰一、本名青海太郎だ。そしてコウモリが飛び込んだ部屋の中には、俺が昨日あんたに渡した写真が落ちていた。さて、もしそのコウモリが青海太郎なら、青海はさっそく強制送還ってことになるな」

「自分だってさっき、黒猫になったくせに」

「見たのはあんただけ。一般人には目撃されていないからまったく問題はない」

「太郎さんをどうするの？」

メグはソファから飛び起きて糸井の腕を掴んだ。

「まさか、変身のことを問題にして太郎さんを強制送還させたりはしないでしょ！」

「だからそこが、取り引きのしどころなわけだ」

糸井はメグの瞳を覗きこむように顔を近づけた。

「あんたと青海は、ゆうべ何を見たんだ？　何があの、姫川均の家であった？」

「何があったのか……よくわからないの。ほんとよ」

メグは諦めて小さな溜息をつき、言った。

「もう遺体を発見したのね？　ね、大事なことだからひとつだけは教えて。いったい誰が警察に通報したの？　どうしてこんなに早く、警察が姫川の家を調べることになったの？」

「匿名通報だよ」

糸井はメグの顔から視線を離さなかった。もしメグがひとつでも嘘をついたら、また喉を絞めてやる、そんな表情のまま。

「今朝、匿名の通報があった。北区の姫川均の家で人が殺されている、それだけで切れた。新宿区の公衆電話からだった。所轄が調べに行って、居間で死体を発見した」

「えっ？」

「なんだ」

「今、どこで死体を発見したって……」

「居間だ。一階の南側のリビングだよ。四件目のクリスマスローズ殺人事件だ。だから俺たちが呼ばれた」

第三章

1

人生が長くなればなるほど、物事に対して驚くという経験は少なくなる。Vヴィレッジの住人は、平均寿命が一般の日本人の軽く十倍くらいはある関係で、一様に、あまり物事に驚かない性質を持っている。が、しかし、メグは村を出てここ数年のうちに、自分がかなり一般の日本人と精神的に同化したと感じている。

そんなわけで、メグは死ぬほど驚いた。実際に驚き過ぎて死んだという人がいるのかどうかは知らないが、驚いて心臓が停まってしまうということはあるらしいから、驚きで死ぬことだってあるだろう。

メグと太郎が見た死体は、風呂桶の中にあったのだ。湯ははっていなかったが、上半身は裸だった。後頭部を何かで殴られ、風呂桶から半身を乗り出すようにして片腕を前に投げ出していた。が、それがどうして、リビングでクリスマスローズの花に飾られていなくてはならないのか？

「どうして」

メグは、驚きを腹まで呑み込んで呼吸を整えた。

「なんでクリスマスローズなの？」

「それがわかれば事件は解決してるさ」

「でも、今までは若い女性ばかりだったんでしょう？　なんでいきなり中年のおじさんを被害者に……」

「中年のおじさん？」

糸井の目が一瞬、大きく見開かれた。

「なんだそれは。おい、あんたが見たのも死体だったのか？」

メグはこくこくと頷いた。

「どんな死体だ！」

「ど、どんなって、頭の後ろを何かで殴られてて、血が出てて、脈がなくて」

「男か女か」

「そりゃ、男でしょう。当たり前じゃないの。姫川均が男装のレズビアンだったなんてそんなオチ……」

「どこにあった！」

糸井がまたメグの肩を揺すったので、メグは反射的に糸井を突き飛ばしてソファから遠のいた。

「乱暴はやめてよ。お風呂場よ、お風呂場！　湯舟の中に入ってたの！　それがリビングに移動して、しかもクリスマスローズで飾られてたなんて言うからあたし……」

「違う」

糸井は一言放つと、腕組みをして口をへの字に結んだ。

「違うって、何が？」

糸井はしばらく黙っていた。何かを猛烈な勢いで考えている。それがわかったので、メグも黙って待った。

「被害者が違うんだ」

ようやく糸井が口を開いた。

「リビングで殺されていたのは姫川均じゃない。妻の朝子の方だ」

さっきあれだけ驚いたのでもうしばらくは驚かないだろうと思っていたのに、メグはまたもや、しかも先よりもっと激しく驚いた。

「ま、また入れ替わったの！」

姫川夫婦はいったいどうなっているのだ。まさか同一人物が、二時間毎に男になったり女になったりして夫婦を演じ分けていたとか、そういうオカルト話ではあるまいし……もっとも、糸井やメグや太郎の存在は、普通に考えると充分にオカルトなのであるが。

「また、ってどういう意味だ？」

これはもう、黙っていることはできないな、とメグは覚悟した。状況はあまりにも不可解で、事態はあまりにも混沌《こんとん》としている。

「高原咲和子をここに呼んでいい？」

「俺はあんたに質問してる。あのおばさんはどうでもいい」

「でも、これはあたしが高原事務所から受けた依頼に関する問題なのよ。あたしの一存で喋ることは、契約違反になる」

糸井は頷いた。

「わかった。でも急いでくれ。俺がここに来てることを捜査本部の連中に知られたくない。まだ本部の捜査状況の中には、あんたの名前も高原事務所の名前も出ていないんだ。それなのに俺が先にここに来てたとわかったら、痛くもない腹を探られる」

2

ひと通りの話をメグと太郎が交互に話し終わり、録音された記録やメモの類いもすべて確認してもなお、糸井は不機嫌に首を傾げていた。その気持ちはわかる。メグにしたところでどう考えても納得できないことばかりなのだ。

「だいたい、なんでクリスマスローズなのか、その点はまったくわかってないわけ？」

咲和子がずけずけとした調子で糸井に言う。

「こんな花、道端にほいほい咲いてるもんじゃないんだからさ、どこからこの花が出て来たのか突き止めたら犯人なんてすぐわかりそうなもんじゃないのよ。警察ってのは、あんなに頭数だけ揃えてまったく何やってんだか。税金泥棒って言われたくないんなら、もっとちゃきちゃき動いたらどうなのよ」

糸井は咲和子の挑発は無視することに決めたらしい。

「ともかく、こっちの事件についても情報を提供しておいた方がいいだろうから、概略を説明する。だけど俺がこれをあんたたちに喋ったってことは、絶対の内緒だぜ」

「同族のよしみ、ってやつで教えてくれるわけ」

「関係ないね。どっちみち俺のやってることは警察官としてはゆるされない行為なんだ。

俺が強調しておきたいのは、あんたたちもその点に関しては共犯者なんだぜ、ってことだけだ」

糸井は手帳を広げた。

「一連のクリスマスローズ連続殺人の、最初の事件が起こったのは今月二日、火曜日のことだ。とはいっても、これは被害者が殺された日付けではなく、事件が発覚した日付けだ。被害者の名前は、吾妻千恵《あづまちえ》。二十二歳の食品会社に勤める会社員で、世田谷区桜新町のワンルームマンションで一人暮しだった。吾妻千恵は非常に真面目な勤務ぶりで、短大を卒業して入社してから二年以上、無断欠勤の類いは一度もなかったらしい。十二月一日の月曜日、千恵はその無断欠勤をした。その日、夕方の六時から三軒茶屋の居酒屋で、千恵と親しかった同僚の女性の寿退社を祝う送別会が行われることになっていて、千恵は幹事を引き受けていた。それなのに何の連絡もなく欠勤したというので、同僚たちはかなり不審に思い、何度となく千恵の自宅や彼女の携帯電話に連絡を試みていたようだ。しかし連絡は付かなかった。送別会の二次会が終わった後で、千恵と一緒に幹事を引き受けていた菅原真美《すがわらまみ》という女性が、桜新町の千恵のマンションまで訪ねている。時刻は午前一時少し前だ」

「そんな真夜中に、その菅原って子はわざわざ欠勤した同僚の家まで行ったわけ？　それって不自然じゃない？」

咲和子には、黙って最後まで話を聞いてから喋ろうなどという気はハナからないらしい。

糸井は咳払いをひとつして、蔑《さげす》むような目つきで咲和子を見てから続けた。

「菅原真美の住まいは用賀にあり、送別会も二次会も渋谷で行われていて、タクシーで帰宅する途中で桜新町に寄ったんだ。この点は菅原真美を乗せたタクシーをすでに特定してあり、運転手から確認も得ている。桜新町の千恵のマンション前にタクシーが停車していた時間は、せいぜい七、八分だったと運転手は言っている。菅原真美が吾妻千恵をこの時に殺害した可能性は捨てていいと思う」

「七分あれば人を絞め殺すくらいできるわよ」

「普通はしないよ」

糸井は一蹴《いっしゅう》した。

「そんなややこしい状況で無理にアリバイを作ってまで殺人なんかするのは小説の中だけだ。先に進むぞ。この時菅原真美は、もしかしたら千恵が病気ではないかと心配で寄ってみたのだ、と言っている。真美は何度か千恵の部屋に入ったことがあり、電話が玄関に近いところに置かれていることや、千恵が寝ているベッドからそこまでは距離があることなどを知っていた。また携帯電話も、その電話機のそばに充電器がセットしてあって、帰宅すると必ずそこにセットして充電するという習慣も知っていた。もし千恵が起きあがれないほどの高熱を出していたとしたら、電話にも携帯にも出ないで寝ている、という可能性もあると考えたわけだな。それでやむにやまれぬ気持ちになって寄ってはみたが、呼び鈴を押しても反応がなかった」

「そのマンションはオートロック？」

「いいや。ごく普通のワンルームマンションで、玄関ホールに二十四時間管理人はいるが、オートロックではないので誰でも建物の中に入ることはできる。菅原真美は、チャイムを鳴らしたりドアに向かって呼び掛けたりしてみたものの、何の反応もなかった上に、その時になって朝刊と夕刊がドアのところの新聞差し込み口にささったままになっているのに気づいたんだ。この時、なぜか菅原真美は、高熱が出て電話にも出られなかったのならば、新聞だって取れなかったかも知れない、とは考えなかった。ささったままの新聞を見て、千恵は留守だ、と思ったと証言している」

「なんかいい加減ねえ、その子」

「そういう混乱というか、思考に一貫性がない状態というのはそう珍しいものじゃないよ。普通の人間は、常日頃から完璧に論理的に思考しているわけじゃないからな。いずれにしても、千恵が留守なんだと思った途端、菅原真美は、彼女の言葉を借りると、すごく馬鹿々々しくなって、それ以上のことはせずにタクシーに戻って自宅に帰り、寝てしまった。菅原真美の胸中には、どんな理由があったにせよ病気でないのならば、送別会の幹事のくせに電話ひとつ自分によこさず、全部を自分に押し付けた身勝手な女、という腹立ちが沸き起こったんだろうな。だが翌朝、十二月二日になって、菅原真美はいくぶん冷静になり、考えた。これまで一度も無断欠勤をしたことなどない吾妻千恵が、会社に電話一本せずにどこかに出掛けて、しかも真夜中まで戻って来ないというのは、変な話だ。いったいどうしたのだろう。出勤後、勤務時間になっても千恵が現れず電話もなかったという事実に直面して、菅原真美の心中の疑問は不安に変わった。彼女は自分と千恵の上司である課長の田中《たなか》に相談した。田中も吾妻千恵の日頃の勤務ぶりは評価していたから、無断欠勤が二日続いたことには疑問を抱いていた。そこで二人は、昼休みを利用して地下鉄に乗り、桜新町まで出向いてみたわけだ。あ、言い忘れたが、会社は渋谷にある。二人は千恵の部屋でまたチャイムを鳴らしたり呼び掛けたり、といったことを繰り返した後、管理人室に事情を話しに行った。この時点で二日の朝刊も無理矢理差し込まれたままだった。管理人はかなり躊躇《ちゅうちょ》していたらしい。何しろ、今どきの若い人間が会社をたった二日間無断欠勤したくらいのことでいちいち騒ぎたてていたんじゃ、管理人なんて務まらないだろうからな。そんなことで勝手に部屋の鍵を開けて中に入ったりすれば、プライバシーの侵害で逆に糾弾されてしまうかも知れない。だが、田中と菅原の必死の訴えで、最後には管理人も折れた。責任は田中がとる、という合意のもとに、千恵の部屋の鍵がマスターキーによって開けられたわけだ。そこで発見したものが、その写真に写っているものだよ」

糸井は、裏に1、と書かれた二枚の写真をひらひらさせた。その中の一枚が、メグが落としてしまった写真である。

「これに写ってるって、これ、死体じゃなくて紐じゃないのよ」

咲和子の文句。糸井は無視する。

「手口は絞殺、死亡推定日時は十二月一日未明、プラスマイナス三時間といったところ」

「もっと絞れなかったの？」

「胃の中に食べ物がほとんど残っていなかったんで、遺体の腐敗や硬直の進行状態でしか判定できなかった。前日、十一月三十日日曜日の夕飯を、千恵はダイエットドリンクだけで済ませていた形跡がある。何やら粉末のものを水に溶いて食事の代わりに飲む、あれだ。いくら腹持ちよく工夫してあるといっても、しょせんは液体、あんなものが消化するのに五時間も六時間もかかりゃしない。明け方の彼女の胃袋は、ほぼすっからかんだったわけさ」

「凶器はビニールの荷造り用の紐」

「そうだ。千恵の部屋からは、同じタイプのビニール紐は見つかっていない。犯人が持ち込んだ紐で絞殺したと考えるのが自然だろうが、千恵の部屋にあったビニール紐を殺害に使用して、使った残りは持ち去った可能性も否定はできない」

「ビニール紐のことなんてどうでもいいじゃないの。犯人を捕まえて聞いてみればわかることなんだから」

　ふと見ると咲和子は、手に紅茶が入っているらしいマグカップを持っている。いったいいつの間にいれたのだろう。カップもティーバッグももちろんメグのものなのだが、貸して、との一言すらなく堂々と自分の分だけ紅茶をいれて飲む女。

　さっきからずっと黙っていた太郎が、メグの視線に気づいて言った。

「あ、皆さんも、何か飲まれるならわたし、いれましょうか」

「コーヒーにしてくれ」

　糸井は当然という顔で言った。

「クッキーか何かないの？　おせんべでもいいけど」

　咲和子はこの集まりを、お茶会か何かと間違えているのだろうか。

「太郎さん、あたし、用意します」

　メグが椅子から立ち上がると、糸井がぴしりと言った。

「あんたは座ってちゃんと聞け」

　糸井の言い方はいちいち癇に障《さわ》る。メグは無視して流し台に近づき、カップとコーヒーの準備を始めた。

「第一の事件については、以上でだいたいの情報はすべてだ。遺体の周囲に撒き散らされていたのはクリスマスローズの花、色は白。八本あって、それらはみな、その写真に写っている花瓶に一度飾られたものだったと推測されている」

「どの花瓶？」

咲和子が写真を顔の前にかざす。

「あ、これか。チェストの上に倒れてるやつね。なんで一度飾られたってわかるの？」

「水の分析だ。遺体の周囲にあったクリスマスローズの細胞が、花瓶の中にわずかに残っていた水の中から見つかってるらしい。科捜研の報告書はややこしくて、俺にはよくわからんけどな」

「つまり、殺人犯が持ち込んだ花じゃないってこと？」

「いや、それは断定できない。殺人犯が花を被害者にプレゼントし、その花が一度花瓶に生けられてからそこにばら撒かれたってことも考えられるだろう。いずれにしても、犯人は千恵を殺した後で、花瓶から花を抜き取ってばら撒いたんだろう。花瓶が倒れたのは乱暴に花を抜き取ったからじゃないかな」

「クリスマスツリーも倒れてる」

「そのチェスト、キャスター付なんだ。ストッパーで固定はしてあったが、揺すればぐらぐらするようなものだった」

「仮に花を持ち込んだのが犯人だったとしたら、当然ながら、犯人と被害者は顔見知りよね」

「そうなるな。若い女が、見ず知らずの男を一人暮しの部屋に入れ、貰った花束を飾ってやるなんて状況はちょっと想像ができない。まあいい、第一の事件についてはこのくらいにしよう。何しろまだあと三件もあるんだから」

糸井はうんざりした顔で手帳をめくった。

3

「第二の事件は、吾妻千恵の遺体が発見されてからちょうど一週間後の火曜日、十二月九日に起こった。この時点で押さえておいてもらわないとならないポイントは、吾妻千恵殺害事件の際に部屋に撒き散らされていたクリスマスローズの花のことは、警察は一切発表していなかった、ということだ。もちろん、俺の知っている限りでは、大衆週刊誌やインターネットなどでもその件は取り沙汰されていない。花が遺体の周囲に飾るように撒かれていたことから、捜査本部としてはそこに犯人のメッセージがあると判断、最重要項目として当初から極秘情報にしている。つまり、第二の事件の犯人が第一の事件の犯人と別人であったとしても、クリスマスローズの花を撒く行為は、第一の事件の模倣ではないだろう、ということだ。もちろん、第二の事件が第一の事件の犯人が誰なのか知っていて、花のことも知っていた場合も考えられるわけではあるが……」

「ややこしいっ」

咲和子が一喝した。

「可能性があるとかないとかで話をごちゃごちゃにしてないで、さっさと事実だけ教えてちょうだい！」

咲和子の鼻の頭を咬《か》むんじゃないだろうか、というような危惧を抱かせる顔つきで糸井が牙を剝き出したので、メグはその牙の前方にコーヒーの入ったマグカップを突き出してことを収めた。

「クッキーは？」

「これしかないの」

メグは咲和子の前に、柿の種を並べた皿を置いた。

「ピーナッツが入ってない」

「入ってない方が正統派なの。いいから、話の続き」

「第二の事件は殺害直後に遺体が発見されているんで、犯行時刻ははっきりしている」

糸井は柿の種をがばっと摑んで口に放り込んだ。Vヴィレッジの出身者はキムチとか柿の種が好きな者が多い。

「いだいぼはっげんじだのば……」

「口の中のものを呑み込んでから喋りなさい」

　咲和子が糸井の向こうずねを蹴飛ばした。

「……遺体を発見したのが被害者の母親だったことから、身元の誤認の可能性もなかった。通報者も母親だ。被害者は津川鈴《つがわれい》、鈴虫の鈴、と書いてれいと読ませる」

「凝り過ぎた名前ってみっともなくない？」

　咲和子の問いかけには誰も答えなかった。

「年齢二十四歳、今年の十月までは都内の保険会社に勤務する会社員だったが、来年三月に結婚することが決まり、花嫁修業を理由に寿退社している」

「珍しいですね」

　太郎が柿の種をぽりぽりと一粒ずつ食べながら言う。

「最近は寿退社でも、ぎりぎり結婚式直前のボーナスはしっかり貰ってから退社するケースが多いのに」

「花嫁修業ってのがそもそも、古風だよね」

「母親の話では、見合いで決まった結婚で、お相手は外務省勤務のエリートだったそうだ。海外で暮すことが多くなるだろうというので、英会話とかパーティ料理、着物の着付、フラワーアレンジメントなんかをひと通りは身につけておいてくれとお相手の男から言われていたんだとさ」

「だったらそうゆーのできる女を探せばいいのににねぇ」

「美人なんだ」

糸井は興味なさそうに言う。確かに糸井には興味がないだろう。なにしろ糸井は、石頭《ストレート》ではない。

「津川鈴はかなりの美人だ。外交官の妻としては落第点だったんだろうが、相手の男が美貌にポーッとなって決めちゃったんだろうな。そんなわけで、最近の津川鈴は、料理学校だとか英会話教室、着物の着付教室、フラワーアレンジメント、テーブルセッティング講座にえーっと、ともかくごちゃごちゃとやたらめたら習い事をしていて、その上、エステにもせっせと通っていたって言うから、かなり多忙だったと考えていい。彼女の部屋には、カレンダーにびっちりとスケジュールが書き込まれていた。九日の日も、昼間は習い事を二つハシゴした上に、夕方四時から行き付けのスポーツクラブで泳いだりサウナに入ったりしていた。彼女の昼間の行動はすべて裏が取れている。この日、鈴は、母親と食事の約束をしていた。母親の津川敬子《けいこ》は六本木でアンティーク・アクセサリーの店を開いている。元タカラジェンヌとかで、これも、もし若かったら娘に勝っていただろうと思えるくらいの、凄みのある美女だ。あの派手な顔だちと背の高さからすると、男役だったんだろうな。父親は航空機のパイロットだったが、心臓に疾患が見つかって地上勤務に代わった後、二年前に他界している。火曜日は六本木の店が定休日なので、敬子は鈴のマンションに行き、二人で贅沢《ぜいたく》な夕飯を食べるのが毎週の習慣だったそうだ」

「都内に母親がいるのに一人暮しだったわけ？」

メグは柿の種には手をつけずにコーヒーだけ啜りながら言った。手をつけたくても、瞬く間になくなってしまっていた。

「娘が大学を出て保険会社に入社した時にマンションを買ってやったんだとさ。殺害現場もそのマンションだが、中目黒駅から徒歩十分くらいのところにある、なかなか豪勢なマンションだ。１ＬＤＫだがリビングなんか十五畳もある」

「買ったのが二年前としても、二千万以上してるわね。つまり、津川家ってのは資産家なのね？」

「資産家、と言うほどじゃない。しかし亡くなった敬子の夫は高給取りのパイロットだったから、貯金だの不動産だのはがっちり持ってただろうし、その夫が五十代で死んだんだから、生命保険もたっぷり入っただろう。敬子は夫が地上勤務に代わった頃から店をやってるが、調べた範囲では経営は順調、運転資金を銀行から借りてる他は借金もなく、銀行との関係も良好だ。ともかく、そんなわけで、敬子は毎週の習慣通り、鈴がスポーツクラブから帰る時刻、午後五時を見計らって鈴の部屋を訪ねた。ここからは敬子の証言になるが、鈴の部屋の鍵は敬子も持っているが、娘の部屋に勝手に入るのは気がひけるので、いつも、玄関のところでちゃんと娘の部屋を呼び出し、娘にロックを解除してもらって建物の中に入っていた。それが九日は、娘の部屋から応答がなかった。スポーツクラブで友達と話し込んでいるのだろうと軽く考え、マンションのすぐ近くにある書店まで歩いて行って、そこで雑誌を立ち読みして時間を潰した。この時、文庫本を一冊買った。この証言はレシートと、書店員の証言で裏が取れている。レシートに印された時刻は五時十八分。マンションまで徒歩で三分ほどだから、敬子が二度目にマンションを訪れたのは五時二十一分プラスマイナスせいぜい一分、というところだろう。二度目の呼び出しでも鈴が応答しなかったので、敬子ははじめて不安を感じた。これまで鈴が、何の断りもなく敬子を待たせたことはほとんどなかったからだ。敬子も鈴も携帯電話を肌身離さず持ち歩くタイプで、ちょっとでも行き違いそうだったら携帯で連絡を取り合うのが当然だと考えている。敬子も携帯メールを親指でバババババッと打てる人種だ。が、敬子が鈴の携帯にいくらメールを打っても返事はなく、電話をしても出ない。五時三十分まで待って、敬子はマンションの中に入り鈴の部屋に向かった。部屋は三階。ドアチャイムにも応答がなく、鍵はかかっていたがチェーンははずれていて中に入れた。そして、リビングで娘の変わり果てた姿を発見した。が、敬子は最初、娘が殺されたとは思わなかった。貧血で倒れていると思ったそうだ。娘に駆け寄り、抱き起こしてみると、まだからだは冷たくはなかった。それでてっきり貧血か心臓麻痺だと信じ込んで、敬子は警察ではなく救急車を呼んだんだ。救急隊員が到着して死亡を確認した際、首の索状痕を見つけ、警察に連絡した」

「犯行時刻は母親が部屋にあがる直前、というわけね？」

「そうなるね。鈴がスポーツクラブを出たのが四時二十分過ぎ、これはクラブの受付でロッカーキーを返却した時間が記録されているからほぼ間違いない。クラブは中目黒駅にあるから、徒歩十分で戻って来られる。つまり母親が最初に玄関で呼び出しをかけた時、すでに鈴は自分の部屋にいたことになる」

「それはおかしいんじゃない？」

咲和子は空のマグカップを太郎につきつけながら言った。お代りをいれて来て、と無言の指先が命じている。太郎はすぐ了解し、カップを持って流しに向かいかけた。そこに糸井がすかさず自分のカップを出す。メグはもう一度立ち上がり、糸井の頭を平手ではたいてからそのカップをひったくり、太郎の手から咲和子のカップも奪って流しに向かう。咲和子も糸井も太郎に対して随分と失礼な態度をとる。太郎の方が年上なのに。

咲和子の声を背中に聞きながら、メグは飲み物をつくった。

「だって、敬子が実際に娘の部屋に入ったのは五時半過ぎなわけでしょ？　もし最初に呼び出しをかけた時に鈴がもう殺されていたんだとしたら、三十分後にはすっかり死体らしくなってるはずよ。いくら愛情で目がくらんでる母親だって、娘が死んでるってことはわかったんじゃないの？　それがわからなかったって言うなら、死体はまだできたてのほやほや状態だった、つまり鈴が殺されたのは五時半ちょっと前くらいだったことになるじゃない」

「まさにその通りだ。死亡推定時刻は五時二十分から半までの間だろうと思われる。救急隊員が確認した時には間違いなく死亡していたそうだが、それでも体温は充分に感じられたらしいよ」

「だったらなんで、鈴は最初に母親が呼び出した時、オートロックを解除して母親を上にあげなかったの？　あげてれば、殺されることはなかったかも知れないのに」

「その質問には二種類の回答が用意できる。まず、鈴を殺したのは敬子だった、という回答」

「そんな馬鹿な。動機がないでしょうが」

「一見仲の良さそうな母と娘の間に実はどんな確執があったかなんて、そう簡単に他人が想像することはできないさ。母も娘もとびきりの美人だった。女同士で反目し合うことはあっただろう。娘は二十四、母親は四十六だ。二人で同じ男を取り合うことだって可能だろ」

「下卑た想像」

「想像すればなんだって想像できる、と言いたいだけだよ。本当にそんなことがあったのかどうかは、俺はまったく知らない。話を戻すぜ。二つ目の回答だ。最初に母親が呼び鈴を押した時、犯人はすでに室内にいた。そして鈴は、呼び鈴に答えることができなかった」

「なぜ？」

「わからんね。解剖所見では、鈴の手足に縛られたような痕跡は見つかっていない。しかしそれだけで、鈴が呼び出しに応じられない状況にはなかった、とは言い切れない」

「二人は顔見知りだったのかも知れませんね」

太郎が言った。

メグは盆の上に飲み物のマグカップと、新たに缶から出した柿の種を載せた。

「津川鈴は、犯人を自分から部屋の中に入れた。二人が何事か話し合っている時に母親が玄関から呼び出しをかける。応じれば母親はすぐに上にあがって来ます。もし鈴が、母親に犯人を紹介したくないと思ったとしたら、呼び出しに応じないでいたことも考えられます。そうすれば、母親は携帯に電話して来る。そうしたら外にいるふりでもして、母親にはどこかで時間を潰して来てもらえばいい。その間に犯人に帰ってもらえば。そう考えていた。実際に敬子は、先に近くの書店に向かって時間を潰し、それから携帯に電話したわけです。母親の心理としては、五時を少しばかり過ぎた程度で携帯にかけたりすれば娘が鬱陶《うっとう》しがると思ったのかも。いくらいつも連絡を取り合っている母と娘だからといって、約束の時間に五分遅れた程度では騒がなかったでしょう。母親が携帯に電話したのは、マンションに戻ってもう一度呼び出しをかけてからです。この時点で鈴は殺されていて、携帯に出ることができなかった、とすれば時間的には符合します」

さすが推理作家のはしくれ、太郎の想像は糸井のそれのように下品ではなく、理路整然としているじゃないの。メグはなんとなく嬉しくなって、サービスして柿の種をもう少し盛った。


「ねえ、窓はどうなってたの？　第一の殺人の時と第二の殺人の時、どちらも部屋に入る鍵はかかっていたわけよね？　第二の殺人の、オートロックの問題はまあ、誰か別の住人が入るのにくっついて入るっていう訪問販売員の常套手段を使えば、被害者の知り合いでなくても中に入ることは可能よね。でも部屋のドアとなると、合鍵でも持っていない限りはそう簡単に中には入れてもらえない。その点から考えたら、太郎さんの言う通り、どちらの事件も被害者と犯人とは顔見知りだったと考えるのがいちばんすっきりする」

咲和子の言葉に糸井は頷いた。

「捜査本部もそう考えてるよ。特に第一の事件の場合、犯行時刻が明け方だ。そんな時間だと、宅配便を装おうなんて真似もできないからね」

「だけど犯行後、部屋のドアには鍵がかけられていた。犯人がかけたんだとしたらどっちの事件も合鍵を持っていたことになる。そんなことってあり得るのかしら」

「どうしてあり得ないんだ？　二つの事件の犯人が同一犯で、無類の女たらしだったとしたら、つき合ってる女の部屋の合鍵くらいは手に入れられただろう」

「まあそりゃそうだけど。でもねぇ……吾妻千恵はともかくとして、津川鈴のマンションはかなり高級仕様なわけでしょう？　そんなマンションだと、当然、鍵は簡単にはコピーできない特殊なものよね。うちのマンションがそうだけど、合鍵を作るのに専門の業者に頼んで一ヶ月もかかるのよ。しかも、一個三千円よ、さんぜんえん！　そのへんのホームセンターで簡単にコピーできる鍵なら、好きな男に気楽に手渡すってこともあるかも知れないけど、セキュリティが厳重なマンションの場合、余分な鍵を作るだけでも大変なのよ。当然、最初にいくつの鍵があって誰と誰がそれを持ってるかは母親も把握していたでしょうから、そこから男に渡す鍵はない。合鍵を注文してまで惚れた男がいるのに、見合いで外務省勤務男とさっさと結婚しちゃおうってのは、なんか納得できないわ」

「恋愛と結婚は別、ってことかも」

「だったらなおさらよ。これから過去の男を全部きれいさっぱり清算して、将来の外交官夫人に収まろうって時なのよ。そんな、合鍵なんて不用意に男に渡したりするもんですか」

「渡してあった合鍵を返してもらおうとしてトラブルになった、ってセンは？」

「津川鈴は、恋愛に溺れこむタイプじゃないと思う。いずれ見合いして、条件のいい男と結婚すると決めていたんだったら、そう簡単に男に鍵を渡したりはしないって。あのマンションを母親が買い与えたのは二年前なんでしょ。買い与えたっていっても、名義は母親のままなんじゃない？　母親だって、箱入り娘を一人暮しさせるにあたっては周到に考えてるはず。毎週娘と食事するのだって、女特有の女に対する勘でもって、娘に変な虫が付いてないかどうか確認する目的だったと思うな。名義が母親なら、合鍵の発注だって娘の勝手にはできない」

「鋭いな。確かにマンションの名義は母親になってる」

「ね？　いずれにしても、少なくとも第二の事件の犯人が合鍵を持っていたってセンは薄いと思う」

「鍵は紛失してないんですか？　室内にあった予備の鍵を犯人が持って逃げたという可能性は」

「とりあえず、津川鈴の場合には、ないと考えていいと思う。鍵は四つ、ひとつは母親、ひとつは本人、ひとつは管理人が預かるシステムで、予備のひとつは母親の店の金庫に入ってる。本人の鍵は、本人のバッグの中にちゃんとあった。吾妻千恵の場合も本人が持っていたと思われる鍵は、室内で二つ見つかっているが、コピーできる鍵なんで、合鍵がなかったとは言い切れない。予備の鍵は千恵の実家、栃木県の那須にいる親のところにもあった」

「窓のことを教えて」

糸井は頷いた。

「吾妻千恵の部屋は二階、窓、というより小さなベランダに出るサッシだが、これは閉っていたが鍵はかかっていなかった。津川鈴の部屋は三階。これも同じだ。ベランダに出るサッシには鍵がかけられていなかった」

「なーんだ」

咲和子が笑った。

「考えるまでもなかったね。つまり犯人は窓から逃げたんじゃない。二階でも三階でも、その程度の高さなら縄梯子かけたって降りられるし、運動神経のいい男なら、手すりからぶら下がった姿勢で自然落下しても受け身でなんとかなるんじゃない？」

「三階は無理だろう」

「ロープ一本あればいいわよ。あるいは、ベランダ伝いに隣の部屋に逃げて、さらに端っこの部屋まで逃げて、非常階段を使うとかね。最近のマンションはベランダが避難路になってて、伝って行けば非常階段に出られるようになってるとこが圧倒的に多いでしょ」

「隣のベランダとの仕切りは？」

「ちょっと勇気があれば、手すりの上に立って仕切りのパネルを横に跨《また》げるわよ」

「あるいは」

糸井が何でもない顔で言った。

「コウモリか猫に変身すれば簡単だ。コウモリは飛べる。猫は、仕切りのパネルの下、隙間をくぐって隣のベランダに移れる」

一同は顔を見合わせた。

「糸井さん」

メグは糸井を睨みつけた。

「本気で言ってるの?」

「もちろん本気だ」

糸井は逆にメグの顔をじっと見据えた。

「今度の事件の犯人が、村の出身者ではないという確信がどこで持てる?」

メグは黙った。その点を考えなかったのは迂闊《うかつ》だとしか言い様がない。

「ここには四名の村の出身者がいるが、そのうち半数の二名は変身ができる。俺は猫にしかなれないし推理作家センセイはコウモリにしかなれないが、どっちに化けても、犯行後、現場から逃げるのは簡単だ」

「糸井」

咲和子が厳しい声になった。

「あんたまさか、真犯人が村の人間でも逮捕するって言うんじゃないだろうね」

「逮捕するよ」

糸井は怖い顔のままでマグカップを睨んでいる。

「しないわけにはいかない」

「一般人は、Vヴィレッジの出身者の中に変身できる者がいるってこと、知らないのよ。もし知ったら大パニックになる。政府に許可を受ければ一般社会で暮せる今のシステムは崩壊し、あたしたちはみんな村に強制送還される。それだけで済めばいいけど、ペンシルバニアで起こった悲劇が起こらないとどうして言える？　あたしたち、村ごと全滅させられるかも知れない。いくら寿命が長いとか、心臓に杭を打ち込まれないと死なないとか言ったって、核爆弾でも落とされたら不死身が通用するとは思えないじゃない！」

「変身できるってことだけバレなければいいわけだ」

糸井は、まるで自分に言い聞かせるような調子で呟いた。

「これまでにも犯罪を犯して捕まったヴァンパイアは何人もいる。殺人者だっていただろう？　それが世間で話題になるたびに、Vヴィレッジの住人を全滅させようという世論は沸き起こってる。だがVヴィレッジが日本のどこにあるかは極秘だし、衛星写真でもわからないようカモフラージュがされている」

「つき止めてる人は大勢いるわよ。村にはしょっちゅう、不死に憧れたおっちょこちょいが入りこんで来るじゃないの」

「入りこんだ人間は基本的には出られないんだから、そこから情報が漏れることはないさ」

「例外はいるけどね」

咲和子は皮肉な視線を糸井に向けていた。糸井が現在、同棲中の恋人は、村に不法侵入した普通の人間だったのだ。糸井はその者を愛してしまい、殺すことができずに仲間にした。

「いずれにしても、俺たちの中に変身が可能な者がいるってことだけバレなければ、殺人者が村の出身者であっても逮捕していいだろう？　さっきの窓から逃げた件くらいなら、どうにでもごまかせる」

「そのへんのことは、あんたの判断にまかせる」

咲和子は大きな溜息をついた。

「だけどね、もしあんたがつまんない功名心だとか競争心を満足させるために、あたしたちの村全体を危険にさらすような選択をしたら、その時はあんたを消滅させるから。それだけは憶えておいてよ」

「わかった」

糸井は、手にしていた袋から写真を取り出して咲和子に渡した。

「メグはもう見てるが、これが第二の殺人の現場だ。床をアップにしてない方をよく見てくれ。室内の様子がわかる」

咲和子はじっくりと時間をかけて写真を見てから、それを太郎に手渡した。太郎も丁寧な視線でそれを見つめ、それからメグに渡した。

糸井から受け取った時はあまり興味が湧かずにちらっとしか見なかった、裏に、2、と書かれた写真。

豪勢な部屋だった。真っ白で大きなソファ。この形はインテリア雑誌で見たことがある。マレンコ。マリオ・マレンコがデザインした丸みを帯びたフォルムに、カバーを好きな色に取り替えられる機能性。モダン・リビングには欠かせないセレブのアイテム。あかりはすべて間接照明で、まるで青山あたりのカフェバーの店内のよう。フローリングは挑発的なブラック、対して壁は純白。白いクリスマスローズの花や死体の形を示すロープまで、インテリアの一部かと勘違いしてしまう。ちらりと写真の端に見えているテーブルは赤い。死体の代わりのロープに近い場所に、不思議なものが写っていた。これは……イーゼル？　黒いイーゼルに白いキャンバスがかけられている。

「津川鈴は絵を描いていたの？」

メグの質問に、糸井は首を横に振った。

「それは絵とかそういう芸術もんじゃない。メモボードだ」

「メモボード？」

なるほどよく見れば、キャンバスには何の変哲もない金色の画鋲《がびょう》で様々なものが止められている。

「この部分、拡大してもいい？」

「メモか？　たいしたものはないぜ」

「それでも見てみたいの」

メグはカラーコピーとプリンターが一体になった複合機で、写真を拡大コピーした。貧乏事務所だが、この手のデジタル機材にはお金を惜しまないようにしている。今の時代、デジタルがいくらかは使えないと探偵商売はできない。

拡大されたメモボードには、実に様々なものが画鋲で止められていた。ＣＤやレストラン、カフェバーなどの割引券がいちばん多いが、他にも、絵葉書や友人の写真、自分の写真などもちりばめられている。走り書きのようなメモは、友達と電話でもしていて書き取ったものだろう。何か重要な情報はないかと文字を追ってみたが、待ち合わせの時刻や場所の覚え書きばかりだ。津川鈴は、花嫁修業と称した習い事三昧《ざんまい》の毎日の中で、随分と交遊関係を広げていたように思える。お堅い国家公務員の妻に収まる前の一時、自由に東京中を遊びまわっていた、と言うべきか。来年二月に来日する予定の、海外アーチストの公演チケットはちょっとうらやましい。メグも好きなミュージシャンなのだ。もう鈴は行かれなくなっちゃったんだし、鈴の母親に代金を払ってあのチケットを譲ってもらおうかしら、という考えがちらっと脳裏をよぎったが、あまりにも不謹慎なので自粛した。

「これといって気になるようなものはないわね」

「そこに書かれている電話番号だとか、待ち合わせの相手なんかにはいちおうすべてあってみた。しかし、殺害犯人に直接結びつきそうな情報はない」

太郎が拡大した写真を顔の位置まで上げてしげしげと眺めている。メグは、太郎の言葉に期待した。はたして期待通り、太郎は言った。

「ここ、何か剝《は》がしたみたいに思えるんですけど」

太郎はメモボードの右上を指さしていた。

「剝がした？」

「ええ……見えませんか、ほら。このキャンバス型のメモボードを四等分して考えてみてください。全体の四分の三にはいろんなものが貼り付けられてますよね。でも、右上のスペースはぽっかり空いてます」

「単に、左上から時計と逆まわりにメモを貼る習慣があったんじゃないの」

何事にも素直であることを良しとしない咲和子がいちおう反論するが、その咲和子も太郎の観察が正しいと思っていることは一目瞭然だった。じっと太郎の指先を睨みつけている。

太郎さん、またポイントゲット。

「剝がしたとしたら、何かな」

「画鋲で止めるのがお好みだったみたいだから、画鋲で簡単に止められるものよね、そりゃ」

「紙か」

「チケット、写真、メモ用紙。いずれにしたって、この状態でそれを推理するのは不可能ね。剝がした人に訊いてみないと」

「問題はそれだわ」

メグは頷いた。

「剝がしたのが津川鈴なら、事件とは無関係かも知れない。でも鈴ではないとしたら……」

「言っとくけど、ボードからも指紋は出てないぜ、津川鈴以外の」

「わかってるわよ。犯人は手袋をしていた。それは確かでしょう」

「ひとまず保留だ」

糸井は言って、手帳の次のページを開いた。

「三件目の説明を先にさせてくれ。いつまでもこんなとこにしけこんでて捜査に合流しなかったら、課長に大目玉くらうからな」

4

「三件目の事件の発覚は一昨日の二十一日、日曜日だった。最初の事件が発覚してから十九日、死亡推定時刻から考えると事件発生二十日目だ。これまでの二件において、遺体の周囲にクリスマスローズの花が撒き散らされていたという非常に大きな特徴があったんで、三件目が連続殺人の続きだということは、一目でわかった。被害者の名前は玉島寛美《たましまひろみ》、年齢二十六歳。発見者は寛美の妹の聡美《さとみ》、二十歳の女子大生だ。二人は中野区のマンションで二人で暮していた」

「被害者は一人暮しじゃないのね」

「うん。しかし犯人はちゃんと、被害者が一人になった時を狙って犯行を行った。実は、妹の聡美はとっくに大学が冬休みに入っていて、十九日の金曜日から連休明けの二十四日まで、志賀高原に大学の友人たちとスノーボードをやりに行っていたはずだったんだ。ところが、どうも聡美は旅先で、旅行仲間に混じっていた自分の恋人と派手な喧嘩をやらかしたらしいんだな。で、頭に来て、日曜日の夜に東京に戻って来たわけなんだ」

「それで姉の遺体を発見してしまった」

「そういうこと。もしかすると犯人の目論みとしては、寛美の遺体は休み明けまで発見されないというものだったかも知れない。いずれにしても、通報を受けて警察が駆け付けたのは日曜日の夜八時二十二分。寛美はすでに死亡していて、死亡推定時刻は同日の午後二時から四時ぐらいだろうとされている。凶器も死因も前の二つとまったく同じ、クリスマスローズの花の数は十二本で、最初の事件は八本、二番目が十二本だったから、その点は二番目の事件と共通だ。しかしまあ、花の数にどの程度の意味があるのかは不明だな」

「クリスマスローズ三千円分くださーい、なんて言って花屋で買えば、店によってもその日の相場によっても本数が変わるものね」

「そういうこと。花の値段ってのは野菜なんかと一緒で、市場での卸値というか競り値で決まるからな。それに店のグレードや立地条件も関係して来る。犯人が本数にこだわったのかそれとも値段にこだわったのか、そのあたりを推測するには情報が不足してるな」

「三件目の現場写真を見せて」

咲和子の手に、糸井が写真を手渡した。

「特徴がないわねー。でもこの子、炬燵《こたつ》を使ってるってとこが気に入った」

死んでしまってから咲和子に気に入られることにどの程度意味があるのかわからない。

確かに、三人目の被害者を象《かたど》った白いロープの不規則な輪のすぐ脇に、幾何学模様の炬煙布団が見えている。

「三件目のこのマンションはかなり古いものなんだが、その分、家賃が安くて広い。作りは三K、つまり同じ大きさの和室が三つに板の間の狭い台所が付いたタイプ。姉妹は一部屋ずつ自室にして、台所に面した部屋を二人の共通の居間にしていた。妹が戻って来た時、部屋のドアは施錠されていた。窓についてはちょっと困ったことに、妹は憶えていないと言っている」

「どういうこと？」

「つまり、姉が倒れて動かないのを見て気が動転した聡美は、窓を開けて助けてー、と叫んだんだ。その時、鍵が閉っていたかどうかはっきりしないんだとさ。しかし、その窓の鍵というのは昔懐かしいねじ込み式でね、もし閉っていたとすると開けるのにけっこう手間どったと思うから、たぶん、窓の鍵は閉っていなかったんだろうな。ただし姉妹の部屋は四階、ベランダはない」

「四階……」

「ちょっとやっかいだろ？　飛び下りたらどんなに運動神経のいいやつでも、運が良くて大怪我、普通ならあの世行きだな。非常階段まで伝って行こうにもベランダがないから、外壁にへばりついてスパイダーマンみたいに壁伝いをしないとならない」

「窓から逃げたっていう手はない、ってこと？」

「マンションの空き巣狙いのプロだったらわからないな。ハワイのワイキキのホテルなんかでは、七階あたりでも平然と泥棒が入って来るらしい。やつらはいろいろと道具を用意するからな」

「合鍵は？」

「妹の言うことに間違いがないとすれば、紛失はしていない。姉妹でひとつずつ、実家の親がひとつ、それに冷蔵庫の奥に予備の鍵をセロテープで貼り付けてあった。しかし、何しろ古いマンションだからね、鍵もいちばんコピーしやすい安物だ。築三十五年、四階建てなのにエレベーターがない」

「まっぴらだわ、そんなとこ住むの」

咲和子が肩をすくめた。

炬燵以外に目をひくものといえば、壁に寄せて置かれている小ぶりのカップボードか。若い女性の二人暮しに似合いの、カントリー調の家具。上部のオープン棚にはウェッジウッドのピーター・ラビット・シリーズのマグカップや皿が飾られている。カップボードの上にはとても小さなクリスマスツリー。吾妻千恵のところで倒れていたツリーとは違って、白いツリーにオーナメントは金色のベルだけ、というごくシンプルなものだった。頂上の星すらない。

ツリーの下に、バインダーのようなものが横向きに置かれているのが見えた。ルーズリーフのノートにしては小さい。メモ用だろうか。

「この、バインダーみたいの、何？」

　メグが指さしたところをじっと見てから、糸井は自分の手帳を眺めた。

「写真入れだ。フォト・ブックとか、フォト・ポケットとか呼ばれてるやつ。サービスサイズの写真をポケットに一枚ずつ入れて、そのままアルバムにして楽しむ……中身の写真だが、玉島寛美が会社の友人たちと先月行った、関西旅行のスナップだ」

「関西旅行……」

「何か気になるのか？」

「うん……さっき、ちらっと閃《ひらめ》いたことがあったのよね。何だったっけ」

　メグはもう一度、三つの殺人事件の現場写真を見つめた。

「その関西旅行が三人の被害者の接点じゃないか、というのは俺たちもいちおう考えたが、違ってたよ。玉島寛美が旅行したのは先月の連休、二十二、二十三、二十四日だった。吾妻千恵はその三連休、毎日都内で友達と遊んでいる。買い物、映画、コンサートなんかだが、旅行に出てないことだけは確かだ。津川鈴は大学時代の女友達二人と沖縄にいた。津川家は沖縄にリゾートマンションを持ってて、そこに泊まってたんだ。沖縄にいると見せかけて実は関西にいた、てなことはありそうにない。女友達にもウラはとった」

「結局、今のところ、クリスマスローズだけが三つの殺人の共通点？」

「細かく言えばいくつか共通点はあるよ。まず、三人とも独身で二十代、一人暮しまたは妹と二人暮し、つまり、親とは離れて暮している。三人ともＯＬ経験がある」

「それじゃあんまり大雑把だよ」

咲和子がお手上げのポーズになった。

「そんな条件にあてはまる女なんて、この東京だけで何十万人いることか」

「クリスマスローズの花について言えば、だ、三人とも、特に好きだと周囲の人間に漏らしたことはないみたいだな。もちろん、栽培にもかかわっていない。部屋の中からもクリスマスローズに関する本とか雑誌なんかは出ていない。ただ、最初の被害者、吾妻千恵は、近所の花屋でクリスマスローズを買ったことがあるんだ。先月の半ば頃だったらしいが、売った花屋も日付けまでは憶えていなかった。ただ、千恵にクリスマスローズを勧めたのは店員だったんで印象に残ってたんだな。その時千恵は、知り合いのお宅に遊びに行くのだが、相手の女性は花が好きなので今だとどんな花がいいだろうか、と相談した。いろいろ店員が勧めた中で、白いクリスマスローズの花が気に入ったらしく、それで花束を作ってくれと言われたそうだ。その知り合いの女性が誰だったのかが今のところ、捜査の目玉って感じになってる。本部の人間を相当数動員してあたってるが、まだ突き止めていない」

「なんだ」

咲和子がいきなりつまらなそうな顔になった。

「そこまでいけば、もうすぐ犯人が割れちゃうじゃない」

「だって、その知り合いの女性ってのが事件に絡んでるのは明白じゃないの。たぶん、その女性って人妻ね」

「そんな簡単にいくかよ」

「なんでわかるんだよ」

「わかるわよ。私立探偵の仕事の大半は、不倫調査なんだから。いい？　吾妻千恵はね、妻子ある男性とつき合ってたの」

「それで？」

「それで、よくあるパターンで、男はさ、妻と別れて必ずキミと一緒になるよ、かなんか、いい加減なこと言ってずるずる関係を引き延ばしてた。吾妻千恵はそんな男の言葉を信じてたのに、男が妻と別れる気なんてないと気づいてしまった。千恵は、どうせ別れるなら男の家庭をぶっ壊してやろうと、花束抱えて自爆攻撃」

「花束に爆弾を仕掛けたんですかっ」

太郎が真面目な顔をして叫び、咲和子はあんぐりと口を開いて太郎の顔を見た。メグは、咲和子の攻撃が始まる前に太郎を安全地帯へと導くべく、すかさず口を出した。

「奥さんに何もかもバラして、ひと騒動起こしてやろうとしたわけよね。ね」

咲和子は頷いたが、太郎が推理作家をやっていることは絶対に信じられない、とその目が語っている。咲和子は知らないのである。太郎の作風は生真面目一徹、無駄なレトリックは用いないのを潔《いさぎよ》しとする。

「で、目論み通りにひと騒動起きたけど、千恵にとって計算外だったのは、不倫相手の妻が千恵に対して殺意を抱いたことだった。あてつけみたいに土産に持って来たクリスマスローズをお返しに抱えて、妻は千恵を殺しに訪れる。でも表面的には、同情をひくようなしおらしさで、あなたにも本当に迷惑をかけました、ゆるしてね、とかなんとか言って、頭も下げて。だから千恵は警戒をといて妻を部屋に入れた。そして殺された。花が一度花瓶に生けられたのがその証拠。千恵が妻の持って来た花を素直に受け取って花瓶にさしたわけよ」

「津川鈴は」

「だからぁ、あんた、アガサ・クリスティを読んでないの?」

「読んでない」

「わかりました」

太郎が深く頷いた。

「例のやつですね。ひとつの殺人を連続殺人に隠す」

「おい」

糸井は呆《あき》れたように両手をあげた。

「二人ともちょっと待て。それじゃ何か、犯人が殺したかったのは千恵だけで、あとの三人はその動機を隠すための目くらましか？」

「そうに決まってるじゃないの。だって、関連性がないんでしょ、はっきりこれだ、ってわかる関連性が。適当に似たような年頃の女を選んで殺してるだけなのよ」

「関連性」

メグは、ふと、最初の写真を見た。

「これだ」

「なんだ？」

「さっき、何か違和感を感じたの。何か変だな、って」

「だから何なんだよ」

「写真立てよ」

「なんだって？」

「写真立て。吾妻千恵の部屋の、不安定なチェストの上にあった写真立て。倒れていて中にどんな写真が入っていたのかわからなかった。ね、どんな写真が入ってたの？　当然、誰かが注目してるでしょ！」

糸井は慌てて手帳をめくった。

「吾妻千恵の部屋の写真立て……ああ、これか。写真じゃなくて、絵葉書が入ってた。えっと……ランタナの花の写真で、美容室ランタナの、千恵を担当してる美容師からの挨拶状」

メグは少しの間、下を向いて考えていた。それから顔をあげた。

「そんなもの、普通、写真立てに入れる？」

「花が綺麗だったんだろう」

「それでも入れないわよ。少なくとも、写真の方を見えるようには入れない」

「どういうことだ？」

「担当美容師からの挨拶状って、それ、カレンダーになってたはずなの。つまり、担当が休みの日を知らせて来るの。あたしのところにも、ネイルサロンから似たようなお知らせ葉書が毎月来るけど。お得意さんに出すのよ。人気のあるチェーン店では、美容師の指名競争が過酷なの。せっかくのお得意さんがうっかり自分が休みの日に来ちゃって、代わりにやった人の方を気に入って乗り換えたりしたら大変でしょ？　だから、カレンダーに休みの日を書き込んだ葉書を出して来る。もしその葉書を飾るなりどこかに出しておくなりするなら、カレンダーの方が重要なのよ。すぐにひっくり返して見られるところに置くならともかく、写真立てに、写真の方を表にして入れてしまったら、不便なのよ」

「だけど、そうなってたんだぜ」

「だから」

メグは、確信を持って言った。

「それは犯人が入れ替えたの。犯人は、写真立ての中に入っている写真が欲しかった。でも、写真立てに何も入っていなければ、警察に、写真が持ち去られた可能性を気づかれてしまう。それをふせぐために、たまたまチェストの上に出ていた美容室からの絵葉書を、抜き出した写真の代わりに入れておいた」

メグは太郎を見た。太郎は、ハッとした。

「そうか……つまり、アガサ・クリスティではなくてエラリー・クィーンだったわけですね！」

メグは頷いた。

「そう。これは『九尾の猫』なんです。津川鈴のメモボードから剝がされたものもたぶん、写真。そして、賭けてもいい、玉島寛美の関西旅行スナップ集からは、一枚、写真が盗まれてるはず。関西旅行の時に使ったフィルムの余った部分に撮影された、旅行とは無関係な写真だと思う。最後に入れられていたものだから、抜かれていても気づかなかったのよ。もしかしたらネガも切り取られているかもね。消えた三枚の写真が同じものかどうかはわからない。でも、絶対に、その三枚には何か共通点がある」

「連続殺人は四件だぞ」

糸井が、内ポケットから封筒を取り出した。

「姫川朝子の遺体の写真だ。今度のはロープじゃないぜ。覚悟して見てくれよ」

第四章

1

覚悟しろと言われて覚悟はしたつもりだったが、やはり本物の死体の写真というのは正視する者を拒《こば》む特別の雰囲気を持っている。こういった写真を偏愛する人間というのもこの地球上にはかなりの数がいて、インターネットの裏サイトなどではかなり流れているらしいが、メグは少なくとも、その手の趣味というか嗜好性は自分には皆無だな、と思った。何しろ、ウッとこみあげて来たものを抑えつけるのに大変な思いをしてしまったのだ。

だが、しょっぱなの強い嫌悪感が薄れてからもう一度見てみると、むごたらしさというのはほとんどない、どちらかと言えば美しいとさえ言える遺体だった。血の一滴も流れていない。

姫川朝子は、きちんと絞殺されていた。

殺すのにきちんと殺す、だらしなく殺す、というのも不謹慎だが、そうとしか表現しようのない整然とした雰囲気が、朝子の死に様にはあったのだ。それまでの三件が、生々しい遺体ではなく、ただ人の形をとった白いロープだったのでことのほかそう感じただけなのかも知れないが。

朝子は仰向けに、喉を伸ばして首を絞められた痕をみなに見せようとでもするように、顎を上に向けて倒れていた。寝ている、と表現した方がいいかと思うほど、乱れのない姿勢だった。両手は脇にそって伸ばされ、膝もちゃんと合わせられている。

死に顔も穏やかだった。死の直前、窒息させられていたわけだから相当に苦しかったと思うのだが、その顔に恨みや悲しみはない。死者は生前の醜《みにく》い感情からも解き放たれて純粋な姿でいられるものなのかも知れない。

朝子の周囲には白いクリスマスローズの花が、棺桶を白い菊の花で埋めるように飾っていた。

不意に、メグは悲しくなった。朝子のことを直接自分の目で見たのはほんの少しの間だけ、夫を送り出す姿と植木だか観葉植物だかを家の中に入れ、玄関まわりを掃除していた姿、合わせても五分かそこらだけだろう。言葉を交わしたことはもちろんなかったし、それどころか、昨日までは存在すらまったく知らない人だった。つまり自分の人生の中で朝子が占めていた部分というのは、針の先で突いたほどのスペースしかなかったはずなのだ。それでも、確かに昨日まで朝子は生きていた。そのことを自分は知っている。それなのに、今、朝子はおそらく、どこかの法医学教室に横たわり司法解剖されているか、あるいはそれも済んで開いた傷口を縫い合わされ、遺族が引き取りに来るのを待っているか、そのどちらかなのだろう。どちらにしても、彼女はもう生きてはいない。死んでしまったのだ。

人が死ぬこと自体はどうしようもない。人とは死ぬものなのである。が、誰かにそれを強制することはできないし、してはならないことなのだ。朝子は誰かに死を押し付けられた。

それは、ゆるされない行為だ。

ゆるしてはならない行為なのだ。

「推理ごっこなんてしてる場合じゃないね」

咲和子が静かに言った。咲和子も自分と同じ気持ちなんだ、とメグは少し、嬉しかった。

「殺人はゲームじゃない。女を殺すなんて、特にゆるせない」

「気の毒な女なんだ、この人は」

糸井は沈痛な顔で手帳を見ていた。

「身寄りがいない。この数時間で調べた限り、親戚の存在すらたぐれない。姫川均と結婚したのは三年前、結婚式にも朝子側の親戚というのはひとりも顔を出さなかったらしい。均は自分の親に、朝子は借金苦で夜逃げした一家の娘だと説明している。真偽はまだ不明だ。均の実家の話によれば、均が三年前に突然、結婚相手として朝子を連れて来たらしい。均はその当時、四十になってまだ独身で、仕事はそこそこできるし都内に小さいながらも建売住宅を購入するだけの蓄財能力というか、計画能力は備えていた。気軽なマンションではなく一戸建てを買ったというのも、均に結婚願望があったことの証拠だろう。だが均は、ともかく好みがうるさく、妻にする女に求めるハードルが高かったんだな。ある程度の経済力があって独身生活が長い男にとっては、あえて結婚する必然性は少ない。どうせ結婚するなら、理想に近い女と出逢うまで待ちたいと親には言っていたらしい。もちろん親としては、できれば早く孫の顔も見たかったろうし、身を固めてくれた方が安心するという気持ちは強かっただろう。だから、突然朝子を連れて来た時、均が満足しているのだから大丈夫だ、と思ったそうだ。実際、この三年間は波風ひとつ立たない平和な生活で、均と朝子はたびたび均の実家、これ、鎌倉にあってなかなかの資産家なんだが、そっちに顔を出していた。均は今年四十三だが、朝子はまだ三十になったばかりだったから、孫の顔を早く見せろみたいなプレッシャーはできるだけかけないように気をつかっていたと言ってる。しかし、肝心の均が煙りみたいに消えてるわけで、我々としても均の両親にどう説明したらいいのか困ってるところだ」

「それじゃ、朝子の遺体は誰が引き取ることに？」

「このままだと、均の実家に引き取ってもらうしかなくなるんだが……いずれは姫川家の墓に入ることになる人だから。が、もし朝子を殺したのが均だった場合、話はかなりややこしくなるな。均の実家としても、均の行方が不明だというのに面喰らっていて、遺体の引き取りは少し待たせてくれと言って来ているようだ」

「親の夜逃げにつき合わされて、どこの誰ともわかんない身分になっちゃって、やっと見つけた幸せだったのにたった三年で殺されるなんて……運のない人ね、まったく。だけどさ、夜逃げったって戸籍を改竄《かいざん》するわけにはいかないんだし、偽物の戸籍を闇で買うなんてシロートには無理でしょうが。ちゃんと調べたらどんな素性の女だったかはわかるんじゃないの？」

「まだ遺体が発見されて四、五時間なんだぜ、俺たちだってサボッてるわけじゃない。もちろん、いずれは朝子の身元もはっきりするだろうし、どっかに朝子の親だっているだろう。ただ今のところは皆目わからんのさ」

「だけど」

メグはさっきの写真のことで頭が一杯で、混乱しつつあった。

「クリスマスローズがあるんだから、これって連続殺人よね？」

「そうとは限らないのが問題なんだな」

糸井は肩をすくめた。

「タイミングが悪いことに、昨日の夕方、クリスマスローズの件がマスコミに対して公式に発表された。昨夜のニュース系番組はその話で持ちきりだった。つまり、模倣犯の可能性はあるってことになる」

「模倣犯が混ざると、ミッシングリンクだけでは事件の全面解決が難しくなりますね」

太郎の言葉に糸井が片方の眉をひょこっと上げる。

「これは推理ごっこの題材じゃない。事件を解決するには地道に証拠をかき集めて犯人に一歩ずつ近づくしかないのさ」

「そうは思ってないくせに」

咲和子が笑った。

「本当にそう思ってるんなら、こんなとこで油売ってないでさっさと仕事に戻ったらいいだろ」

「あんたたちが市民の義務を果たさず、ゆうべ見たことをさっさと警察に通報しなかったから、その後始末をどうつけるべきか相談にのってやってるんだ。本当なら捜査妨害でみんなまとめてひっくくったっていいんだぜ」

「つまんないこと言ってんじゃないわよ」

咲和子が柿の種を糸井の顔めがけて弾いた。

「ここまでぺらぺらと極秘情報を垂れ流しておいて、今さらあたしたちを敵にまわしてあんたに何かいいこと、ある？」

「仲間割れしている時ではないことは確かです」

太郎が生真面目な顔で言った。

「さっき糸井さんが指摘されたように、今度の事件を我々の仲間が引き起こしたなんてことがはっきりしたら、村の存続にかかわります。ヴァンパイアに対する迫害の血生臭い歴史を繰り返さないためにも、我々の手で真相を解明しましょう」

「解明して、やっぱり犯人は黒猫に化けて逃げたってことが明らかになったらどうすんのよ」

「コウモリかも知れない」

「どっちだっていいわよ。ともかく、真相が目もあてられないもんだった場合、糸井さん、あんたも腹をくくってもらわないとならないわよ。あたしは警察に真相を告げる気はないからね、その場合」

メグは朝子の遺体写真と、遺体が発見されたリビングの写真に見入っていた。

確かに、ゆうべ、というか今日の朝になる前の時刻に、そこを調べたあのリビングに間違いない。しかしあの時はもちろん、クリスマスローズもなければ朝子の遺体もなかったのだ。それどころか、遺体であろうと生体であろうと、朝子が隠れていそうなスペースはどこにもなかった。リビングだけではなく、家の中すべての場所で。

浴室にあったのは夫の均の遺体だった。

なのに、朝になってみるとこうなっていたわけだ。


四人とも、この最後の事件がそれまでの三件と同じ流れの中にはないことは、とっくに気づいている。メグは太郎、糸井、咲和子と顔を見回してそれを確信した。朝子は二十代の独身女性ではなく、夫だけとはいえ、家族と暮している。現場もマンションやアパートではなく一戸建てだ。先の三つの事件が、痴漢や強盗によるものだったとしても、同じ犯人ならば同じような手口で犯行を重ねるだろう。

クリスマスローズは偽装だ。模倣犯というよりは、たまたま自分の殺人計画とタイミングを合わせたような警察の発表に、ちゃっかり便乗しようとしただけだろう。

自分の殺人計画。

自分、っていったい、誰？

「均の遺体は本当にどこにもないのかしら」

　メグの言葉に、糸井はポケットから携帯電話を取り出してそれを睨む、という屈折した反応を示した。

「まだ発見したって報告はないみたいだな。あんたと作家先生が見たと言い張る均の遺体もないし、生きている均の行方もわかってない。しかし、まだ事件発覚から五時間だ、生きているならそのうち、均はどっかで捕まるよ」

「死んでたわよ」

　メグは唇を尖らせた。

「はっきり死んでた。めいっぱい死んでた。どうしようもないくらい死んでいた」

「脈をとっただけなんじゃないのか」

　糸井がせせら笑う。

「腋《わき》の下にゴムボール挟《はさ》んで脈を止める、なんて、古典的なトリックに引っ掛かって騙されただけだろう」

　どきっ、とした。

　確かに、慌てていたというか、予想外の展開に面喰らって、確実に均が死んでいるかどうか確認した、とは言えない状況だ。脈は確かになかった。が、それがトリックではないということまで確かめたわけではない。

「だ、だけど、どうして死んだふりなんてしないとならないのよ。確かに探偵を雇ったのは均だけど、あの時、あたしたちが家の中に入ろうとするなんてこと、均に予測できたはずないのよ。だってあたしたちにした依頼は朝子の浮気調査なんだもの、朝子が家から出なければ余計なことをする必要はなかったんだし」

「だけど実際に、あんたらは余計なことをしまくったじゃないか。均はあんたらがおせっかいで家の中を調べようとするくらいのことは予測してたんだよ。で、あんたらが押し入って来る音が聞こえたんで、咄嗟《とっさ》に死人のふりをしたのさ。浴室乾燥機をつけたのは、体温が下がっていないことをごまかすためと考えれば辻褄が合うだろ。一時的に脈を止める方法なんていくらでもある。昔の手品師はいろんな方法で、自分を死人だと観客に思わせて、甦《よみがえ》りのマジックをやったんだ。均に徹底的に高原事務所を利用するつもりでいた。もちろん、妻を殺すために。高原さん、あんたムカつかないか？」

「ムカついてるに決まってるでしょ。だけどね、あんたの説は穴だらけだよ。均があたしらを騙して家を見張らせた理由はつまり、誰もあの家には出入りしなかったとあたしらに証言させたいから、だよね、どう考えても。均は何らかの方法で、メグと太郎の目をごまかして家の中に戻った。そして妻を殺した。そこまではいいさ。いいけど、それで均が安全圏に逃げられる？　韓国に行くと嘘をついてうちの尾行をまいたことを警察に知られたら、どうやって家の中に入ったかなんてどうでもいい問題になる。均は立派な最重要容疑者。わざわざ探偵事務所を雇ってまで家を見張らせた意味なんてまるっきりなくなる。均としては、最後までうちの事務所を騙しておく必要があった。なのに死体の真似して脈までとらせるなんて、そんな間抜けなことする？　箪笥の中にでも隠れた方が、まだ気が利いてるってもんでしょ。第一それ以前の問題として、海外出張に行くと言って行かなかったら、そんなの警察に真っ先に疑われるじゃないの。本気で殺人を計画してたんなら、海外に行くなんて無理を言わずに、草津《くさつ》温泉あたりにしとけば良かったでしょ。国内ならごまかすことは可能なんだから」

「それに、僕たちが均の遺体を風呂場で発見した時、家の中に朝子の姿はまったくなかったんですよ。メグさんは、朝子も殺されてる可能性を考えて、わざわざ現場に戻って遺体を探した。しかし、どこにもなかった。もし均が自分も被害者だと見せかけるつもりなら、いったい誰を犯人だと思わせたかったのか。均の遺体らしきものが風呂場にあって、妻の朝子の姿が消えていれば、疑われるのは朝子ですよね。均としては、そのままにしておけばいいわけですよ。朝子を殺してその死体をどこかに隠して、自分は救急車に乗って病院に行き、瀕死だったけど助かって、それで証言すればいい。やったのは妻です。妻はわたしを殺そうとして、殺したと思い込み、逃げました。そう証言すれば完全犯罪成立ですよ」

「だけどあんたもメグも、結局救急車を呼ばなかったじゃないか」

「だから、です。本当ならそこで、救急車を呼ばせておき、自分が被害者だということを決定的にしておけばよかったんです。しかしそれをしなかった、というよりできなかったのは、あれが本物の死体だったからです」

「だったら、誰がいったい、朝子の遺体を連続殺人の被害者に仕立て上げたんだ?」

糸井はじれたように言った。

「それに、均の死体はどこに消えたんだ! なんだって犯人は、夫婦の遺体をすりかえるなんてめんどくさいこと、したんだよ!」

「行動に移りましょ」

メグは立ち上がった。

「ここで安楽椅子探偵やってたってらちがあかない。四人で手分けするの。糸井さんは刑事の仕事があるから、そっちから情報をください。特に、最初の三つの事件の、たぶん共通点だと思われる写真の問題。うまくいけば、最初の三つの事件は写真が解決してくれるかも知れない。それとクリスマスローズに関する情報が寄せられてると思うので、それもよろしく」

「なんであんたが仕切る」

メグは糸井の不満げな顔を無視した。

「太郎さんは、成田で尾行をまいてからの均の足どりを探してください。均はまっすぐ自宅に戻ったのか。だとしたら、どうして真夜中まで犯行を待ったのか。均が自宅付近に戻った時刻がわかれば、それが突破口になるかも知れません」

「わかりました」

太郎はさっそく帽子をかぶった。太郎は探偵仕事をする時にはいつも、古ぼけた毛糸の帽子をかぶっている。

「あたしはどうする？」

「咲和子さんは……」

「どうも今はあんたの方があたしより冴えてそうだからさ、あんたの指示に従うよ」

「すみません。咲和子さんのところの探偵、貸してもらえます？」

「もちろん」

「では、素行調査をお願いします」

「素行調査？」

「連続殺人の三人の被害者、彼女たちの遺族の調査です」

「遺族？」

糸井が不思議そうな顔になった。

「なんで遺族の素行調査なんて必要なんだ？」

「ちょっと思いついたことがあるのよ……あんまり突飛《とっぴ》なんで、まだ言えない」

「メグは何をするつもりなの？」

　咲和子は面白がっているような顔をしている。

「そうやって具体的な指示を出したとこみると、あんた、何か気づいたね？　事件の謎、解けちゃってるんじゃないの？　だったら先に教えなさいよ、ねえ」

「先入観がない方がいいと思うんです。判断は各自がまずして、それからつき合わせた方が」

「まあなんでもいいけど」

　咲和子はふふ、と笑ってバッグを肩にかけた。

「時は金なり。さっそく分担仕事にかからないとね。で、あんたは？」

「あたしは、花を追います」

「花？」

「ええ」

　メグは頷いた。

「消えた花を」

2

東急田園都市線、というのは正確にはどこからどこまでを指すのだろう。この地下鉄はその昔、新玉川線という呼び名で呼ばれていたはずだ。それがいつの間にか、半蔵門線に繋《つな》がり、やがて新玉川線という呼び名はなくなってしまった。いずれにしても、桜新町は渋谷から四つ目。駅から住所を頼りに歩いて行くと、周囲はすっかり世田谷の住宅地の風情を見せはじめる。ランドマークになりそうな建物がひとつもなく、一本曲り角を間違えたら迷路に入りこみそうな、そんな地域である。

吾妻千恵が殺された賃貸マンションまでは徒歩で十五分近くかかった。このくらい駅から離れないと、一人暮しのOLが気楽に払える家賃を超えてしまうに違いない。渋谷から便利、というのは、二十代の人間にとっては都内でもかなりのステイタスなのだ。

警察官がものものしく警戒している光景をちょっと想像していたのだが、肩透かしをくった。考えたら、もう三週間も前の事件なのだ。警察として調べるべきことは調べ尽くした、ということだろう。が、警察とは別の立場で事件に興味を持っている連中、テレビ局は、クリスマスローズの花という魅惑的な謎がくっついたこの一連の事件について、これから盛り上がることに決めたようだ。マンションの周囲にはテレビ局の取材チームの姿が幾組も散らばっていて、通行人を誰かれ構わず捕まえてはマイクを向けている。あの中を突破して、惨劇のあった部屋に入りこむのはほとんど不可能だ。だが、そのくらいのことは予想していたので特に焦《あせ》らなかった。

メグはぐるっと、吾妻千恵が暮していたマンションの周囲を歩いてみた。百メートルと離れていない路上で、スーパーの袋を下げたまま、ワイドショーのレポーターに捕まってマイクを向けられている中年女性を見つけ、さりげなく近づいた。

「では、被害者の千恵さんとは顔見知りだった、ということですね！」

レポーターはまだ新米なのか、思わず嬉しそうな顔になっている。若い女性が殺された悲惨な事件の取材中に、白い歯を見せて朗《ほが》らかに笑っていたのではまずかろう、と思ったが、カメラマンはちゃんと心得ていて、レポーターの顔から瞬間的にビデオカメラをはずした。たいした技術である。

「顔見知りってほどじゃないんですよ。ただ、通勤時間が一緒でね、ほとんど毎朝、このあたりで顔を合わせてなんとなく駅まで一緒に歩いていたから、いつ頃からか、挨拶くらいは交わすようになって。まあ、お天気の話とかその程度のものですけど。あたしはたまプラーザの食品センターで働いていて、彼女は会社が渋谷でしょう、ですから、駅に着いたらそれでお別れ、という感じでした」

「千恵さんはどんな女性でしたか？」

レポーターの若い女は、笑いを得ようとしているのかと思うほどカールした睫《まつげ》と赤い唇をしていた。テレビの画面で見れば、それでちょうどいいのかも知れない。それにしても、通勤途中に駅まで一緒に歩くだけの人間について、どんな人だったか、と質問された中年女性も気の毒だった。せっかくのテレビの取材なのだから、何かとても気の利いたことを答えようと頑張っているのは見ていてわかったが、結局出て来た人物評は、きちんと挨拶のできるお嬢さん、というところに着地してしまった。レポーターは露骨に顔に浮き出る失望をとってつけたみたいな笑顔で覆い隠しながら、こりゃだめだわ、という合図をスタッフに送り、そそくさと女性から離れて行った。

小さく溜息をついて歩き出した中年女性に追いついて、メグは声をかけた。

「すみません、今さっきのインタビューを傍聴させていただいたのですが」

「ですからね」

女性はうんざりした顔でメグを見た。

「わたし、ほんとに吾妻千恵さんとは顔見知りだったという程度なんですよ。地下鉄の駅まで歩く間に、お天気のこととか、玉川高島屋のバーゲンの話とか、その程度のことを喋ったことがあるだけです。それも、毎朝待ち合わせていたわけでもないんです。わたしの職場は早番、中番、遅番のシフト制ですからね、半月おきくらいに、出勤時間がずれるんです。吾妻さんとお会いするのは中番、十時から五時までのシフトの時だけですから」

「バーゲンの話なんかされたということは、吾妻さんはファッションに興味がおありだったみたいなんですね」

メグは自分が何者とも名乗っていないのに、相手が勝手にマスコミの人間だと思い込んでくれたのに内心ホッとしながら続けた。

「同じ女性からみて、お洒落な方でした？」

「まあ、あの年頃の方ならば普通じゃないんですか。おひとりで暮してらして、自由になるお金はそりゃ、子供が育ち盛りのわたしなんかよりずっと多いわけですから」

「お化粧なんかについてはいかがでしょう。化粧品の好みの話題など出たことは？」

「ああ」

女性はわずかにニヤリとした。

「お化粧ね。御存じですのね、あなた。ええ、吾妻さんはその、なんというか、お化粧はかなり濃いというか、しっかりされるタイプでしたねえ。でもあれも、今どきの若いひとなら当たり前なんじゃないですか。睫をたっぷりと黒くして、アイラインもきっちりとひいてありましたね。毎朝毎朝、出勤前なのに丁寧によくやってるなと感心してました。それでもさっきのレポーターほどものすごくはなかったですけど」

「そうですか。あ、ありがとうございました」

「あら、もういいんですか」

「ええ。とても参考になりました」

メグは、それ以上突っ込まれないうちにそそくさと女性のそばを離れた。

糸井から教えてもらった花屋の場所に向かって急いだ。メグの直感では、事件解決までにかけられる時間は、もう残り少ない。

花屋は、地下鉄の駅からマンションまでのちょうど中間地点あたり、医療法人経営の病院のそばにあった。病院への見舞客をあてこんだ、ごく小さな店舗だ。だが揃えてある花のセンスは良かった。店番をしていたのは三十代のなかなか綺麗な顔をした女性で、フラワーアレンジメントの資格を持っているのだろうな、とすぐわかる手つきでオアシスに花をさしている。

店内に入ろうとして、ガラスに大きく貼られた張り紙が目についた。

『ただいま、クリスマスローズは取り扱っておりません』

素っ気ない書き方に、店側の怒りが滲んでいる。吾妻千恵が殺害される少し前にこの店でクリスマスローズを買ったことがマスコミに漏れているのだろう。テレビ用の「絵」をつくる目的で、この店に入って来てクリスマスローズを買おうとした連中がわんさかいたに違いない。

メグの顔をちらっと見て、店番の女性は少し表情を険しくした。またマスコミ関係者ではないかと警戒する目つき。

「あの……薔薇をください」

メグが言うと、女性の表情が日なたのアイスクリームのように溶けた。

「はい、こちらにたくさんございます。何色がよろしいですか」

ガラスのケースの中に、数種類の薔薇がそのゴージャスな美しさを競っていた。もちろん、真紅で大輪の薔薇がいいに決まっている。だが何しろ、先立つものが不足中。

「一輪挿《ざ》しで楽しみたいんですけど」

気弱な申し出にも、女性店員はにこやかな笑みを失わなかった。

「薔薇は存在感がありますから、一輪挿しにはぴったりですわ。どれでも映えますけど、花が小さいと一輪では淋しいかも知れないですね。こちらの薄紫のもの、これが今、いちばん人気があるんです。青みがかった薔薇は珍しいでしょう?」

「赤系が好きなんですけど」

「それでしたら、こちらはどうかしら。赤でも桃色がかっていて、華やかで明るいですわ。これ一輪で、お部屋が華やぎますよ」

なるほど親切というか、勧め上手な店員だった。こんな調子で吾妻千恵にもクリスマスローズを買わせたのだろう。

「それ、おいくらですか」

「四百円です」

よかった。薔薇は種類によっては、一本で二、三千円するものもある。

「では、それにします」

メグはなけなしの金を出して店員に手渡した。

「あ、家が近いので、簡単でいいです」

たった一本なのに丁寧に根元を水にひたしたカット綿でくるもうとした店員に、メグは言った。

「棘がささらないように、何かでくるっと巻いてくれれば」

新聞紙でいいです、というのはやめておく。その花を買った二次的目的が何なのか彼女が知れば、気を悪くするかも知れない。

「薔薇って今、人気ないんですか」

メグは、さりげなく訊く。

「そんなことはないですよ。でも、昔のように、花の女王という絶対的な人気はなくなったかも知れませんね」

店員の手先は器用だった。喋りながら、棘を処理し、下葉を落とし、透明なセロハンで綺麗に巻く。

「薔薇は水揚げが悪いんで、扱い方を知らないと、すぐに花が下を向いてしまうんです。

それで、長もちしないと思い込んでいる人が多いんですね。でもちゃんと水揚げしてやれば、薔薇はとても花もちがいいんですけど」

「男性でも薔薇を買う方って、いらっしゃいます？」

「もちろんいますよ」

店員は意味ありげな微笑みを見せる。

「まあ、だいたいはプレゼントでしょうけれど。あ、そういえば……」

店員はふと、店の壁にかけられているカレンダーを見た。

「勘違いかしら……ああ、そうだ、あれは日曜日だった」

独り言を呟いてから、メグの顔を見て照れ隠しに笑う。

「いやですよね、ほら、近くであんなひどい事件があったでしょ。あの殺されたお嬢さんがうちでクリスマスローズを買ったことがあって、それで警察とか新聞社とかテレビとか、もううるさくって。そのせいで神経質になっちゃってるんです。今もね、そういえば、中年の男性で薔薇を買った人がいたけど、あれって事件のあった日じゃなかった？なんて思ってしまって。勘違いでしたわ。事件は月曜日に起こったんですものね。あれは日曜日だったから」

事件は日曜日に起こっている。少なくとも、月曜日の朝が来る前に。だが死亡推定時刻などの詳しい情報は世間に出ていないから、店員が錯覚するのも無理はない。

メグはお腹に力を入れた。ここからが肝心。

「あら、中年の男性が薔薇を？」

興味をひかれたような顔を懸命につくる。

「それって、あの病院へのお見舞いかしら」

「いえ、それが、夜だったんです。八時頃だったかしら……閉店間際でした。休日の面会時間は五時までのはずなので、お見舞いではなかったわ。真っ赤な薔薇、それも大輪の素晴らしいものばかり五本。だから印象に残っているんです」

「ロマンスの匂いがしますね。それも、秘密の」

店員は笑った。

「あら、奥様へのプレゼントだったかも知れないですよ。結婚記念日だったのかも知れないし」

「わたしの夫もかなり年上なんです」

メグはいきなり斬り込むことにした。

「それにあんまりハンサムじゃないの。だから薔薇なんか買ったら、店員さんに顔を憶えられてしまいそう」

写真を取り出す。さりげなく。そして見せる。

「ほら、こんな顔なんですよぉ」

ここで、演技モードを全開に、笑顔の中に凄みをひそませた。店員の顔がみるみる真っ青になった。

ビンゴ。

「あ、あの、はいこれ。ありがとうございました」

店員はもう、メグと視線を合わせようとはしなかった。もちろん、日曜日に不倫相手のところに薔薇の花束を持って行った不実な夫の浮気調査をしている恐い妻には、早く店から出て行って欲しいと願っているのだ。

メグは恐い妻ではなかったが、おとなしく店を出た。不実な夫の浮気調査をしている、という点では間違っていない。

十一月三十日、日曜日の夜。姫川均は、この店で真紅の薔薇の花を買った。奮発して五本も。そしてどこに向かったのか。もちろん、吾妻千恵のマンションだ。そうでなければ、物語が繋がらない。

＊

桃色がかった赤い薔薇の花びらはおいしかった。薔薇を買った二次的目的を歩きながら果たし、こんなにおいしいならもう一本買ってもよかったな、と思いながら、残った茎と葉と包装紙を捨てる場所を探して目についた児童公園に寄り、ゴミ箱を探す。

薔薇、というのは半分、あて推量だった。クリスマスローズ以外の何かだろう、とは思っていたが。

写真に写っていたチェストの上の花瓶、あれは口が細過ぎた。クリスマスローズは葉の数も多く、花も重量がある。それを八本も束にしたら、かなり口の広い花瓶でないと入らない。あの花瓶に生けられていたのは、別の花なのだ。たぶん、警察がその気になって徹底的に分析すれば、花瓶に残っていた水から薔薇の細胞が検出されるだろう。

犯人はその花、薔薇を盗み、代わりに持ち込んだクリスマスローズを、あたかも花瓶に生けられていたかのように偽装してからばら撒いた。おそらく、八本の中から何本か適当に花瓶にさして、それをわざと倒したのだ。つまり犯人は、千恵自身が一度はクリスマスローズを花瓶に生けた、と思わせたかった。その理由はいくつか想像できる。花を買ったのが千恵自身だと思わせたかったのかも知れないし、花を受け取るほど親しい人間が犯人だと思わせたかったのかも知れない。少なくとも、花を持って来た人間を千恵が友好的に部屋の中に招じ入れたという点は、持ち込まれた花が一度でも飾られたという理由で信じ込ませることができる。つまり、犯人は千恵と決して友好な関係を持ってはいなかったのだ。

が、それ以上の謎は、どうして犯人が、その、最初に花瓶にささっていた花を持ち去ったのか、である。

せっかく偽装工作をしようとクリスマスローズを持ち込んだのに、花瓶が別の花でふさがっていたのでむかついたのだろうか。あり得ないことではない。が、それならば、花瓶に飾られていた薔薇をゴミ箱に捨てればいいだけのことだろう。いや、飾られていた薔薇はその日に買われたものだから、ゴミ箱で発見されるのは不自然と考えたのかも知れない。真紅の大輪の薔薇の花が五本、決して安いものではないことは、不粋な刑事にだって想像できる。しかもまだまったく新鮮な花なのだ。ゴミ箱に捨てられていては、いかにも怪しい。だから持ち去った。筋は通る。が、そうまでして薔薇をなきものにしようとするのは異常な気がする。

部屋にもともと花があった。だからと言って、千恵が犯人から花を受け取った、という友好的な構図を示唆する計画が頓挫するわけではないのだ。他の花瓶を探す手もあるし、花瓶が見つからなければ台所の流しの、洗い物桶にでも水を張ってクリスマスローズを浸け、葉っぱの一枚も水の中に落としてからばら撒けばいいだけのこと。花瓶に入りきらない花を貰った経験くらいなら、若い女性ならばそう珍しい体験ではない。送別会だ歓迎会だと花を貰う機会はけっこうあるだろう。流し台に花を浸けた痕跡があれば、それで充分、被害者が喜んで花を受け取ったのだ、という物語は成立する。

犯人にとって薔薇の存在が予想外のことであったなら、当然、その薔薇の出所についても知らなかったことになる。もしかすると千恵自身がその日の夕方にでも買って持ち帰っていたかも知れない花を、わざわざ持ち去れば、墓穴を掘りかねないではないか。地元の花屋ならば千恵の顔を憶えている可能性は高いのだ。

犯人は、自分が持ち込んだクリスマスローズの花のために薔薇を持ち去ったわけではない。何かもっと、積極的な理由、どうしても薔薇を持ち去らなくてはならない理由があったはず。

薔薇を買ったのは姫川均。均は日曜日の夜八時頃、薔薇の花を持って吾妻千恵を訪れた。従って、少なくとも均は、薔薇の花を持ち去った人間ではない。千恵が殺されたのは月曜日の未明。均が訪問してから八時間くらいは経っている。均の訪問の目的は？　もちろん……ロマンスだろう。真紅の大輪の薔薇。他に考えられない。男が薔薇を買う時は、女の歓心をひこうとする時だ。女は自分のために花を買うのなら様々な花を選ぶ。が、男から貰うのならば、真紅の薔薇がやはり最高だろう。もっとも、絶対にそいつからだけは真紅の薔薇を貰いたくない、という場合だってあるだろうが。

少なくとも千恵は、均の薔薇をつっ返したりはしなかった。真紅の薔薇を受け取るということは、均の想いも受け取る、ということ……？

あまりピンと来ないが、あり得ないことではないだろう。均は妻に理想の女を求め過ぎた。結果として理想の女と結婚したのだろうが、理想の女イコール夢中になれる女、というわけではなかったかも知れない。妻に求めるものと愛人に求めるものが違うのは、人間の男たちの特徴なのだ。村の男たちにはそういう二面性はあまりなかった。新月の夜になればどんな女と浮気したってまったくOKなのだから、愛人なんて作る必要がない。妻の側にしても、新月の夜には妻から女に戻ってはめをはずせるのだから、普段はその分、ストレスなく過ごせるわけである。発情期というのはとても合理的な自然の智慧なのだ。

そろそろ警察も、均の生前の顔写真を手に入れて、三つの殺人の被害者周辺をうろつきはじめるだろう。花屋の女性がいつまで自分の勘違いに気づかずにいてくれるか。いや、均の顔写真を見せられれば、あたしのことだって警察に喋ってしまうに違いない。タイムリミットが近づいている。

メグは知らずに早足になっていた。確認したいことはまだいくつもあるのだ。

ふと、足が止まった。

振り返ると、さっき薔薇の茎を捨てた公園が背後に見えている。そろそろ夕刻、子供たちの姿もなく、公園はひっそりと淋しそうだ。

わかったような気がした。と言うより、小さなショックだった。

なぜ犯人が薔薇を持ち去ったのか。

でもそんな馬鹿なこと……まさか。

だとすると、いったいどういうことになる？

3

中目黒の駅からゆっくり歩いて十五分。目の前に現れたマンションの豪勢さはメグの予想を超えていた。こんな建物に家賃も払わず一人暮し。憧れる。

しかし、津川鈴の場合も吾妻千恵同様、獰猛《どうもう》なワイドショーにその死骸が食い散らされるのは避けようもなかったようだ。どれほど恵まれた人生だったとしても、終わってしまった今は何もかもが空しい。

どちらにしたって部屋の中には入れそうもない。さて、今度はどうやって目的を果たしたらいいだろう、と、考えながら歩いているといきなり、解決策になりそうな光景が目に飛び込んで来た。白いハンカチを目にあてて、啜り泣きながら歩いて来る三人の女性。テレビ的にはかなりおいしい「絵」なはずなのだが、奇跡的にレポーターに食いつかれずに駅に向かって帰る途中のようだった。いやもしかすると、とっくに食いつかれて全国放送されたあとなのかも知れない。

まず間違いなく、津川鈴のかつての同僚たちか、お稽古ごとの同級生だ。後者の方かな、というのは、三人が三人とも、それぞれ違ったエルメスを腕にぶら下げていることからの推測。

声をかけると、またもやマスコミ関係者と勘違いされ、カメラマンはどこだろう、ときょろきょろ見回す子までいた。今度は何かでっちあげないとならない。この三人は、テレビに出る気まんまんのようである。

「わたくし、月刊誌MYU《ミュー》の記者なんですけれど」

二十代後半から三十代前半の女性に人気と聞いたことがある雑誌の名前を勝手に使った。別にお金を騙しとるわけではないから、この程度の反社会的行為はゆるしてもらおう。三人はほとんど同じ仕種でハンカチを目から離し、好奇心できらきら輝く瞳をメグに向けた。

「一人暮しの女性が犯罪に巻き込まれないようにするにはどうしたらいいのか、という特集を近いうちにやることになっておりまして、津川鈴さんの事件を取り上げようと思っているんです。それで、生前の津川さんのことについて、お話しいただける方を探しておりまして」

「わたくしたち、鈴さんとはテーブル・マナーのお教室でご一緒しておりました」

メグの言葉を堂々と遮《さえぎ》った割りには字面だけ上品な言葉遣いで、中の一人が即座に答えた。その特集に出るには自分たちこそふさわしい、と、得意げな表情が主張している。

「マダム・パリシェのお教室です」

当然知ってるわよね、と別の一人が目で迫る。メグは冷や汗をかきつつも大きく頷いた。

「外交官の奥様に人気があるという、格調高い教室だそうですね」

まったくの口からでまかせだが、ほぼ、彼女たちを満足させる回答だったらしい。三人の顔が喜びに輝いた。

「津川さんは、あなたたちから見て、どんな女性でしたでしょう？」

ワイドショーのレポーターから学んだ必殺の質問法。あまりにも漠然としていて、まるで何も訊いていないのと同じなのだが、質問された方が勝手にいろいろと早とちりして余計なことまで喋ってくれる可能性に満ちている。三人は、我れ先にとべらべら喋りはじめた。商売道具のＩＣレコーダーを取り出し、スイッチを入れるふりだけする。三人の津川鈴という女性に対する人物評は、だいたいこんなところだった。

いわく、とても美人。とてもスタイルがおよろしい。お母さまも素敵な方。フランス語の発音がおきれい。お洋服がお好きで、お買い物もお好き。ベジタリアンでお酒は赤ワインがお好き。話題が豊富で話していると楽しい。華やかでゴージャス。金属アレルギーで金のアクセサリーしか使わなかった。水泳やテニスがお上手……

「それで」

メグは適当なところで三人の言葉を遮った。

「メイク関係はいかがでした？　ほら、最近の、睫を濃く長くするメイクや唇をグロスで光らせるメイクは、よからぬことを企む男を引き寄せるという説がありますでしょ？」

「あらあ」

三人はほぼ同時に声をあげて笑った。

「鈴さんは、お化粧をほとんどなさらなかったんですのよ。どちらかと言えばはっきりとしたお顔だちでしたから、お化粧はあまり必要でなかったということもありますし、ご本人のお話では、金属以外にもいろいろな化学物質にアレルギーがあるとかで、基礎化粧品の他はパウダーファンデーションを薄く塗る程度でしたわ」

「日焼けどめはしっかり塗っているとおっしゃってましたけど」

「それ以外はほとんどなさってなかったのじゃないかしら」

「アイラインやマスカラはまったく？」

「まったく。口紅も、いつも指で薄く塗るだけだと言ってらっしゃいましたもの」

「指で、ですか」

「ええ。いかにも塗りました、みたいな唇がお嫌いだったようですわね」

そこで三人とも、かなり意地の悪い表情になった。三人の気持ちを代弁して、中でもいちばんのおしゃべり女が言った。

「美人にお生まれになったから、そういうことも言えたのでしょうけれど」

知りたい情報は充分得たので、雑誌が出たら送りますとでたらめな約束をし、名前と住所を書き留めて三人のそばを離れた。

確認しなくてはいけないことはまだ残っているが、もう夜になってしまった。メグは空を見上げた。一番星が瞬《またた》いている。懐かしいVヴィレッジではそろそろ村人たちが目覚める時刻だ。

吸血鬼は夜、目覚める。これは世界の常識。

メグは走り出した。本当に時間がない。タクシーよりは地下鉄が早いが、中目黒から中野まで行くにはそれなりに時間がかかる。

携帯を取り出し、太郎を呼び出した。

「どう、成果は？」

「面白いことがわかりました。姫川均は成田からタクシーで東京に戻っています。しかし、自宅に直接帰ったわけではないようです。均を乗せたタクシーの運転手に直接話を聞くことができました。警察はまだ、何も聞きに来ていないそうです」

「時間の問題ですね。で、均は東京のどこへ？」

「六本木のアマンドの前、あの交差点で降りたようです。その後、均は東京タワーの方角へ歩いて行ったそうです。今、六本木にいますが、今のところまだ、均の姿を見かけたという人は探せていません」

「わかりました。均がどこに行ったのか、なんとなく想像ができます。本当は確認してもらいたいんですけど、もう時間がないんです」

「時間が？」

「ええ。すぐに中野まで来られますか？　連続殺人の三人目の被害者の部屋まで。警察もマスコミもいると思うので、近くで待ち合わせましょう。住所を言います。いいですか？」

＊

「何を確認したらいいかは了解してもらえましたね？」

メグが囁くと、小さなコウモリが羽をぱたぱたさせた。

「では、お願いします」

太郎はすっかり暗くなった空の下、健気《けなげ》に羽をぱたつかせながら飛んで行く。問題のマンション、というよりはいちおう鉄筋なのかも知れないけれど木造のボロアパートに限りなく近いたたずまいのその建物には、まだ警察官がびっしりと張り付いているに違いない。三件目の殺人が起こったのは、つい一昨日のことなのだ。だがチャンスは必ずある。現場百回の言葉が嘘でないのなら、惨劇のあった部屋のドアは出入りする捜査員によって何度か開け閉めされるはず。変身した太郎は、コウモリとしてもかなり小さい方だった。上手にやれば、誰にも気づかれないで部屋の中に入り、出て来られるだろう。

待つこと十七分。おそろしく長い十七分だった。途中で何度も、コウモリ嫌いの刑事によって叩き落とされ、踏みつぶされる太郎の図、が脳裏で点滅した。それでも待つしかなかった。ここで刑事に咎《とが》められれば、糸井のクビは確実にちょん。それどころか、四人まとめて村へ強制送還される。

十七分後、コウモリは戻って来た。ぱたぱたぱたぱた、懸命に羽を動かして。どろん、と漫画ならば擬音（？）が入る場面だろう。太郎はちゃんと、いつもの姿に戻ってにこっとした。

「上首尾でした」

太郎は得意そうだった。

「寛美と妹が暮しているあの部屋のバスルームを覗くことができました。洗面台に、ずらっと化粧品が並んでいましたよ。口紅なんか何十本あったやら。全部が妹のものということはないと思いますが、念のため、寛美の顔写真も探しました。居間の壁にめったやたらと貼り付けてあるので、探すのにまったく苦労はありませんでした。寛美は妹ともども、かなりナルシストというか、自分の容姿に自信を持っていたようですね。それで、寛美のその顔ですが、ナチュラルという言葉からあれほど遠い顔も珍しいかも知れません。確かに顔だちはいいので見苦しくはないのですが、浜崎あゆみを意識し過ぎたつくりこんだ化粧が好みだったようです。睫など、漫画のように上を向いていました。ものすごい数の化粧品と合わせて考えるに、寛美も妹も、いわゆるメイクフリーク、という人種だったことは間違いないと思います」

メグは大きくひとつ、溜息をついた。

さて、全員集合だ。

第五章

1

夜になった。

もう夕焼けの残照のひとかけらも残っていない。真冬の、一年でもっとも夜が長い季節の、特別な日々の夜だった。

冬至の晩、村の家々では、長い夜を祝う静かな宴がくりひろげられる。新鮮なトマトジュースと、温室で大切に育てた山盛りの薔薇の花びら。上等な赤ワイン。暖炉にはあかあかと火が燃えて……

こんな時に里心《さとごころ》はいただけない。何しろ、ここはとある大学病院の遺体安置室なのだ。懐かしい故郷に通じるものなどひとつもない。

メグと咲和子はからだを縮め、人の気配が近づいて来ないかと神経を尖らせて歩いているのに、黒猫とコウモリ各一匹ずつは悠々と進んでいく。コウモリはぱたぱた、黒猫はひょいひょい。メグは、その気障ったらしい長い尾っぽを思いきり踏んづけてやりたい誘惑と必死に戦った。こんなややこしい時に内輪揉めは厳禁だ。

幸い、戸惑うことはなかった。遺体安置室に置かれていた遺体はひとつだけ。

「そろそろ時間だと思うんだけど」

メグは腕時計を見た。午後八時二十分。この遺体が絶命してから十数時間が経過している。

「個人差があるからな」

いつの間にか黒猫をやめていた糸井が呟いた。

「七十時間以上かかったやつを知ってる」

「さっさと運び出した方がいいんじゃない?」

咲和子が腕組みして言う。

「ここでお目覚め待ってたら、いつ人が来るかわかんないのよ。遺体の引き取りを渋ってるったって、戸籍上嫁なんだから結局は引き取ることになるわけでしょう?　引き取られてからお目覚めなんてことになったら、大事《おおごと》よ」

「それは言える」

糸井が遺体に手を伸ばした。

「運び出すしかないだろう。ストレッチャーを探してくれ。そのへんにあるはずだ」

と、糸井が言い終わるのと、白い布がはらりと落ちて、寝ていた遺体がむっくりと起き上がるのはほぼ同時だった。

「あのう」

姫川朝子は、一度解剖されてから縫い合わされた胸の傷をあらわにした姿で、四人の顔を丁寧に見つめた。

「どちら様でしょうか」

「この写真を見てください」

糸井がいきなり、朝子の顔の前に一枚の写真を突き出した。

それは、玉島寛美の関西旅行スナップ写真集から抜き取られたと思われた写真だった。

実際、一枚は抜き取られたのだろう。だが、たぶんほとんど同じアングルでもう一枚写真があったことに、犯人は気づかなかったのだ。なぜならその写真は、真ん中でとびきり可愛く写っている（とたぶん寛美が思っていた）自分の顔を楽しむために、壁一面におびただしい数が貼られたナルシスト姉妹の写真展に出品されたまま見過ごされてしまっていたから。

犯人は決して粗忽《そこつ》だったわけではない。それどころか、かなり慎重に写真を盗んだ。ネガもしっかり切り取られてあった。が、犯人は、ポケットアルバムに入っていた問題の写真だけにこだわってネガを探したのだ。それが敗因だった。アルバムに入っていた問題の写真はネガのいちばん最後のものだった。犯人は、ネガをそこで切り取った。最後の一コマくらいなら、うまくいけば切り取ったことを誰にも気づかれないで済むと思っていたのかも知れない。が、そのコマの前のコマが曲者だった。もし壁に貼られていた写真が、切り取られたコマのすぐ前のネガから現像されたものだったとしたら、犯人はそれがほとんど同じアングルであることに気づいて焦り、壁の写真を発見していたかも知れない。しかし、曲者のコマに写っていたのは誰か(シャッターをきった人)の指の腹だった。当然ながら、現像された写真は寛美が破棄してしまっていた。ぼやけた、無気味な白っぽい肌色の得体の知れない物体が写った写真など、ポケットアルバムに律儀に入れてやる必要などあるわけがない。そして壁に貼られていた写真のネガは、その間抜けな失敗写真の前にあったのだ。犯人は忘れていたのかも知れない。使い捨てカメラで撮ったフィルムをコンピュータプリントで現像すると、フィルムの巻取られた内側、つまり最後に現像されるコマが実はいちばん最初に撮られたコマになる、ということを。問題の写真は、関西旅行の後に撮られたのではなく、前に撮られたのだ。いちばん最後のコマにヤバイ場面が写ってしまっていたとしたら、同じアングルで何枚かシャッターを切った可能性は当然、考えなくてはならなかった。つまり、その前の二、三コマをしっかり確認しておく必要があったのだ。

派手な笑顔で月並みにピースサインをつくる寛美。背景はディズニーランドだろう。いや、ディズニーシーの方かも知れない。メグはどちらにも行ったことがないのでよくわからないが、寛美の肩を抱いているのが不遜な顔をした巨大なアヒルである以上、そのどちらかなのは間違いがない。さらにその、気の多いアヒルはもう一人の女性の肩も抱いていた。吾妻千恵。千恵と寛美の接点はドナルドダックだった。千恵の部屋の写真立てにも同じ写真が入っていたはずだ。部屋の壁に貼ってあったものを寛美がいちばん気に入っていたのは確かだろうから、他に何千枚同じアングル、同じポーズの写真があったとしても、寛美が焼き増しして千恵に送るとすれば、その写真なのだ。

「前面の二人の女性に見覚えは？」

糸井の問いに、朝子はきょとんとした表情のままで首を横に振った。

「でしょうね」

糸井は微笑んだ。

「左側の女性が吾妻千恵さん、右側が玉島寛美さん。共に、クリスマスローズ連続殺人事件の被害者です。二人はこの日、正確には十一月三日、文化の日に、ディズニーランドで知り合った。それまでは赤の他人でした」

「吾妻……千恵」

朝子の顔色が変わった。

「このひとが……吾妻千恵さん……」

「そうです」

糸井は眉を少し寄せた。

「今さら遠慮しても仕方ないのではっきり言いますが、あなたのご主人の浮気相手だった女性です。つまり、この日、あなたのご主人と吾妻千恵さんは一緒にディズニーランドにいた。あなたには……休日出勤するとでも言ってらしたんじゃないかな？　おそらく、この写真のシャッターはあなたのご主人が切ったのでしょう。しかしカメラは玉島さんのものでした。三人がなぜ仲良くなったのかはわかりません。今となっては、そのあたりの細かな事情は永遠にわからないかも。まあたぶん、アトラクションに並んだ順番が隣り合っていたとか、レストランで相席になったとか、そんな他愛のないきっかけで知り合ったんだと思います。何しろ連休中のディズニーランドは芋洗いそのものだそうですからね。玉島寛美さんはこの日、ボーイフレンドの一人とディズニーランドに行ったことはわかっています。しかし二人は些細なことで口論となり、寛美さんは一人で遊ぶ、と言って、ボーイフレンドを置き去りにしてどこかに行ってしまったんだそうです。ひとりぼっちになった寛美さんは、それでも負けず嫌いな性格だったんですね、帰らずに一人でアトラクションを楽しんでいた。いや、楽しくはなかったのかも知れませんが、1《ワン》デーパスポートを買っていたらしいので、使わずに出るのもいまいましいとムキになったのかも知れません。いずれにしても、三人は出逢い、この写真を撮ってしまった。これが三人の運命を決定づけてしまったんです。しかし……もし姫川均さんが、あなたのご主人でなければ、おそらく悲劇は避けられたでしょうね。まさに、運命の皮肉でした」

「すみません、お言葉の意味がまるで……」

「申し訳ない。つい芝居がかった言い方をしてしまう癖があるものですから。では、これをお貸ししますので、この写真のここ、右上の方をこれで見てみてください」

糸井が朝子に手渡したのは、虫眼鏡だった。

朝子は、じっと虫眼鏡を覗きこんでいた。

メグは唾を呑み込んだ。朝子の顔色がまた、劇的に変化した。

「あなたのご主人は、ファインダーをのぞいていた時にこれに気づいてしまった。しかし、そのまま黙っていれば何事も起こらなかったでしょう。そのまま、何も見なかったふりをしていれば。が、あなたのご主人は黙っていることができなかったんです。あなたのご主人はたぶん、知りたかったんだ……あなたや……我々のような種族のことを、もっと知りたかった」

朝子が顔を虫眼鏡から離して、その場にいる四人を一人ずつ見た。

「それでは……あなたたちも？」

「我々は登録して、正規の手続きを踏んで村の外で暮しています。朝子さん、あなたの場合にはどんな事情があったのかわかりませんが、政府の登録記録にあなたのことは何も記載されていません。つまりあなたは……未登録の……この国に不法滞在中のヴァンパイアということになります」

朝子が顔を覆った。

誰も、何も訊かなかった。Vヴィレッジの住人の中には、何年かに一人、二人、失踪して行方知れずになる者が出る。彼らが村を出てどこに行ったのか、なぜ村を出たかったのかは誰にもわからないし、誰も詮索しない。そして彼らがどこで新しい仲間をつくり、子供をもうけて新しい家族を増やしているのか、それも誰にもわからないことだった。

「夫は」

朝子の声は、とてもか細く震えていた。

「わたしを……夜の種族であるわたしを……愛してくれていました。でも、姫川の家に本当のことを言うわけにはいかない。夫は事実を隠してくれました。わたしを庇《かば》ってくれたのです。それなのにわたしは……夫の愛に充分こたえることができませんでした。浮気されていたのは知っていましたけれど、わたしのせいなのです。わたしの……」

「仕方ないことなのよ」

メグはそっと言った。

「我々の種族には発情期がある。新月の夜にしかセックスをしたくならない。一年中OK、四六時中いらっしゃいの普通の人間とは、性生活が嚙み合わないのは当然です。そのことは姫川さんだって頭では理解していたはず。それなのに、姫川さんは情欲に負けてしまった。姫川さんは忙しい人だったから、せっかくの新月の夜に家に帰れないこともあったんでしょう。出張だの徹夜残業だのって。からだがすれ違えば心も次第にすれ違うのが夫婦です。それでも、浮気するより前に、新月の夜を思いっきり楽しめるように工夫して欲しかったわ……女として、それがとても残念」

「工夫しようとしていたのかも」

糸井も、普段より数倍、優しい声で言った。

「だから接触してしまったんだ……決して接触してはいけない相手に。姫川さんは知らなかった。我々の種族の中にだって、好戦的な者はいるってことを。単純なことなのに……

人種や種族で人間の本質が変化するわけはないんだから。好戦的な者も平和的な者も、普通の人間に存在するのと同様、我々、人間の亜種とも言うべき吸血鬼族の中にだって、その両方は存在しているんだ」

「その写真に写っている人に見覚えは？」

メグが訊いた。

「あります」

朝子が静かに言った。

「このひとは、保険の外交員さんです。そしてたぶん、このひとに、わたしは眠らされてしまったんだと思います」

2

夜の六本木。真冬の澄んだ冷たい空の下だというのに、あまりに明るい色とりどりのネオン、雑多な人種が誰もかれも少し早足でせかせかと歩き、酒と食べ物と排気ガスの匂いが充満して、なんだか、暑い。暑苦しい、というのが的を射た表現か。

メグは人混みが苦手だった。東京で生きていて、しかも生活手段として私立探偵を選んだ自分が人混みが苦手だ、などというのはただの愚痴、意味のないダダをこねているだけに他ならないのだが、それでも苦手なものは苦手なので、いつも人混みにはまりこむたび、ぶつぶつと人生を呪って憂さ晴らしをしていた。

津川敬子が経営するアンティーク・アクセサリーの店は、割と新しいファッションビルの中にテナントとして入っていた。娘が死んでまだ二週間、それでもいつまでもこんなに家賃の高そうな場所で休業を続けるわけにはいかないのだろう。定休日のはずだが、休業のうめ合わせか、まだ店は開いていた。店員が一人いる。アクセサリーの店なので広いスペースは必要ない。朝子も含めて五人がぞろぞろと入って行くと、店はいっぱいになってしまった。

糸井が警察の名刺を出して、オーナーに取り次ぎを頼んだ。こういう時、国家権力に知り合いがいるととても便利だ。

店内の雰囲気は、だが、ひどくメグを魅了するものがあった。そこはどうしてなのか、とてもとても懐かしい雰囲気で溢れていたのだ。

いったいいつの頃のものなのか、輝く宝石やガラスが古風なカットをほどこされ、時代をそのまま光に変えたかのように、ぼんやりと優しく滲《にじ》んでいる。ブローチや指輪、ペンダントに耳飾り。古きヨーロッパ大陸の香りが狭い店内に濃密に漂っていた。

そこには遠い記憶があった。

メグの、おそらくは母親か祖母か、そうした女性たちが確かに今、目の前で輝いているような装飾品を、古風で重たいドレスの胸につけて歩いていた時代があったのだ。Vヴィレッジの人々の半数には、東欧の血が流れていると聞いたことがある。迫害の歴史を経て地球のあちらこちらへと散らばった、人類の亜種。

「奥の事務室へどうぞ」

店員に指示されて、五人はぞろぞろとドアの中へと向かった。朝子はしんがりを心細そうに歩いている。事務室は店よりも広いくらいだったが、倉庫も兼ねているのか、部屋の半分にはダンボールや木箱が積まれていた。メグは、朝子を自分の背中に隠すようにして、事務机に座ったままで一同を迎え入れた津川敬子を見つめた。

娘の写真よりは明らかに美人だった。

凄みのある、重い美貌。

歴史の残酷を閉じ込めた、菫《すみれ》色の瞳と青白い肌。

元タカラジェンヌという偽の経歴がかすんでしまうほど、重厚な存在感のある女性だった。いっそ、ヨーロッパを席巻した往年の大女優、とでも名乗っている方がはるかに似合いそうだ。

「警察の方だとばかり思ったんですけど」

敬子は不思議そうに一同を見回し、それから手にしている名刺を確認した。

「何か……少し違うような気がしますわね」

「五分の一だけはその名刺の通りで偽りはありません」

糸井が言った。

「あとの五分の四は、まあ、付録だと思っていただければ」

「それで」

敬子はにこりともしなかった。

「いったい何のご用なのでしょう。娘の事件のことでしたら、捜査本部の方からたまにお電話はいただいておりますが、進展はあまりないようですわね。それどころか、また新たな事件が起こってしまったようで」

「面目ない話です。少なくとも、吾妻千恵さんの事件の時に、事件を解決する手がかりはあったんですが、わたしがそれを見落としました。その時に見抜いていれば、あるいは、玉島寛美さんと、姫川さんご夫妻の事件は防止できたかも知れない」

敬子の顔が気色ばんだ。

「それって……どっちにしてもわたしの娘は助からなかった、死ぬ運命だった、というようにも聞こえますわね」

「助からなかったとも死ぬ運命だったとも思ってはいません」

糸井の声は、メグがかつて一度だけ聞いたことがある、あの、忘れようとしても忘れられない、冷徹であくまで静かな、そして兇暴な声になっていた。あの時、糸井は愛する者を守ろうとして必死だった。あの時の糸井は、本気であたしのことを殺そうとしていたのかも知れない、と、メグは今でも思っている。

「しかし、事件を防ぐことは、わたしにはできなかったでしょう、何をどう努力したとしても」

「敗北宣言ですの」

「ある意味では」

糸井は瞬きすらしていなかった。彼もまた、目の前にいる女の生涯が背負っている時代の重みに圧倒されていたのだ。

彼女は普段、そうした自分の重さ、大きさを必死に押し隠して生きているのだろう。この軽佻浮《けいちょうふ》薄《はく》で刹那を良しとする、光の洪水のようなアジアの都会では、周囲の者を困惑させるほどの存在感自体、異端であり、忌むべきものになる。

メグは、もういいじゃないの、と言ってしまいそうになった自分に驚いた。このまま彼女の好きなようにさせてあげればいい。どうせ彼女は、もうじきまた、新たな地を目指して旅立ってしまうのだから。そのつもりなのに違いないのだから。

店に入る時、入り口のガラスに小さな貼り紙がしてあったのに、糸井も気づいているだろう。

『諸般の事情により、今月末にて閉店させていただくこととなりました。長らくのご愛顧、まことに有り難うございました』

娘を殺人鬼に殺された母親なのだから無理もない。世間はそう囁き合って、彼女がこの街から、この東京から消えるのをゆるすのだ。そして彼女はまた、旅に出る。これまで、何百年、いや千年以上かも知れない、延々と続けて来たように。

だが、曖昧にしておくことはできないのだ。なぜなら、彼女は我々同胞の生活を脅かした。そのことに対して、彼女には我々と、そして被害者やその家族に謝罪する義務がある。

「しかし、わたしが敗北を認めるのはただ一点についてだけです。最初の事件で見落としをしてしまったこと。最初の事件が起こった時に、持ち去られた写真がどんなものであったか突き止めていれば、事件はあなたの娘さんのところで止まった。玉島寛美さんや、姫川夫妻を事件に巻き込んでしまうことは避けられたのです。あの、白いクリスマスローズの花に負けました。あれにすっかり眩惑されてしまった」

「まったくどういうお話なのか呑み込めませんわ」

敬子は優雅な仕種で、全員に椅子をすすめた。

「どうせ喋るなと言っても喋り続けるのでしょうから、どうぞお話しくださいな、とこちらからお願いいたします。ですが、わたしにも理解できるよう、ちゃんと説明してくださいましね。わたし、あまり頭の回転が速い方ではございませんので」

「それはわたしも同様です」

糸井は少しだけ柔和な顔になった。

「できるだけ、わかりやすく努力して説明して参ります。まず、最初の事件でわたしが見逃したもの、わたしにとっては痛恨の出来事ですが、それから説明します。実は、それを発見したのはわたしではなく、ここにいる私立探偵のメグ・バーナビーです」

「……バーナビー……」

「ええ。村での名字はそれでした。しかし、実際には村の住人には名字などなく、単に、バーナビー一族の一員である、というだけのことです。こちらの世界、村の外の世界では」

「橘《たちばな》めぐみ」

メグはちょっと肩をすくめた。

「便宜上、そういう名前で生活しています。でも、あまり気に入っていないから、いつか変えてしまうかも知れません」

「かわいらしい響きの、良い名前だと思いますけど」

「ありがとうございます。えっと、では、第一の殺人現場の写真を見た時に、わたしが感じた違和感についてまず説明します。何より不思議だったのは、花が多過ぎる、ということでした」

メグは、事務所で拡大コピーした写真を、敬子の机の上に置いた。

「チェストの上に花瓶が見えていますよね。その花瓶、口がさほど広くありません。殺害現場に撒かれていたクリスマスローズは八本だったそうです。クリスマスローズという花をわたしはよく知らなかったのですが、様々な種類があるようです。ですが、現場にあったものはひとつずつの花も大きく、葉もついたままでした。一本でもかなりかさばるという印象を受ける花なんです。それを八本も束ねたら、とてもこの花瓶には収まらなかったでしょう。ところが、この花瓶の中に残っていた水からはクリスマスローズの細胞組織が検出されたそうなんです。そのことから、現場に撒かれていた花は一度花瓶に生けられたと警察は判断しています。しかし、花瓶に入りきらない花、というのはどうもひっかかりました。無理に考えれば、被害者が受け取った花を一部だけ花瓶に生けて、残りは流しにでも置いておいた、というふうにも解釈はできますが、それよりも、クリスマスローズは花瓶に生けられていない、細胞組織が検出されたのは、犯人が花瓶に生けられたと偽装するために、葉っぱをちぎって花瓶の水の中に入れたか、茎を差し込んでがちゃがちゃゆすいで、腐った表皮組織が中に落ちるようにしたか、そんなことなのではないか、と想像してみたんです。ですが、花瓶はどこから来たのでしょうか。犯人が外から持ち込んだとすれば、それはあまりにもリスキーです。花瓶の出所から犯人へと結びついてしまう可能性が大きい。では花瓶はもともと部屋にあったと仮定します。美術品や工芸品の花瓶ならば話は別ですが、一般的でそう高価でもない花瓶を、花も生けずにからっぽのままで常日頃から部屋に出しっぱなしにしておく人は、あまりいないと思いませんか？　被害者の吾妻千恵さんは、どちらかと言えばお洒落な人でした。洋服やメイクなどだけではなく、部屋のインテリアにも気をつかう人だった。それは、部屋の中にちゃんとクリスマスツリーを飾っていたことからもわかります。もちろん、今はそういう時期ですからね、インテリアにクリスマスのディスプレイをほどこすのは、お子さんがいらっしゃる家庭などでは当たり前のことかも知れない。でも、一人暮しの場合には、本人がそういうことが好きでなければ、いちいち部屋にツリーを飾る必要はないわけです。千恵さんは、インテリアを工夫したり飾ったりすることが好きな人だったんです。ならば、からっぽの花瓶をだらしなく出しっぱなしにしていた可能性は低い。つまり、犯人がクリスマスローズを持ち込む前、すでに、その花瓶には別の花が生けられていたのではないか。そして犯人は、何らかの理由でその花を持ち去り、代わりにクリスマスローズがそこに生けられていたかのような偽装をした上で、花を遺体の周囲に撒いたわけです」

「せっかくわかりやすく説明していただいているのに申し訳ないんですけど」

敬子は皮肉な笑みを顔に浮かべた。

「説明としては理解できますが、だから何なのか、あなたが何を言いたいのかがさっぱりわかりませんわ」

「はい、ごめんなさい。わたしにもわかっていませんでした。わたしにも、犯人がどうしてあの部屋から花を持ち去らなくてはならないのかは、見当が付いていなかったんです。ただ、その謎が解ければ犯人が誰なのかわかる、と思いました。もうひとつ重要なことがあります。第一の殺人現場、倒れた花瓶の横には写真立ても置いてあったのですが、それも倒れていて、中には美容室からの案内葉書が入っていたんです。そのことは後になって、不自然なことだと思われて来るのですが、とりあえず、ひとつずつの事件ごとに考えます。最初の殺人現場から持ち去られた花が何だったのか。それはすぐにわかりました。それは、大輪の五本の薔薇の花、それも、見事な真紅の薔薇でした」

メグの隣にいた咲和子が、ごくっと喉を鳴らした。

「この薔薇を買った人物は意外な人でした。現在失踪中の姫川均という男性です。そして均さんの奥さんである姫川朝子さんが、連続殺人の最後の被害者でした。ここで、第一の事件と第四の事件とがはっきりと繋がりました。姫川均さんは、十一月三十日の午後八時頃、吾妻千恵さんの家から七、八分のところにある花屋さんで薔薇を買いました。赤い大輪の薔薇を五本。それを男性が女性に土産として手渡し、女性が抵抗なく受け取ったとすれば、その男性と女性との間に恋愛感情かそれに類するものがある、と想像するのは自然なことですよね」

「奥さんがいるのに、若いOLと浮気していたってわけね」

「そういうことになりますね。二人がどこでいつ知り合ったのかは、千恵さんが日記をつけておらず、また、年上の妻帯者との恋愛を友人たちにも隠していたため、はっきりしていません」

「出会い系サイトか何かでしょ、どうせ」

「そうかも知れませんね。千恵さんの周囲の人々から丹念に証言を集めれば、あるいはそのあたりもはっきりするかも知れないのですが、今、我々に関心があるのはそのことではないので省きます。さて、均さんは千恵さんの部屋を薔薇を持って訪れます。せっかくの日曜日のデートなのに、気の利いたレストランにも行かないというのは少し奇妙なんですが、それは、千恵さんがダイエットドリンクだけで夕飯を済ませた形跡があったことでほぼ説明がつきますね。千恵さんは、おそらく、週末だけ食事を摂らず、半絶食のようなことをするダイエットをしていたんだと思います。一緒に食事ができないとなると、夕飯の後でデートした方が都合がいい。それで八時という遅めの時間に均さんは千恵さんを訪問した。その後二人が何時頃まで一緒にいたのかはまだわかっていませんが、外出はしなか

った と思われます。千恵さんの部屋は地下鉄の駅から徒歩で十五分以上かかり、もしどこかへ出掛けるつもりだったとしたら、最初から渋谷あたりで待ち合わせしていた方が便利ですからね。いずれにしても、家庭のある姫川さんは、終電が出てしまう前には帰路についたのではないでしょうか。千恵さんの死亡推定時刻は十二月一日の未明前後。つまり真夜中も過ぎて明け方が近づく時刻になって、犯人が千恵さんの部屋を訪れたわけです。そんな時刻に若い女性が人を部屋の中に入れるとすれば、相手は女性ではないかと考える方が自然です。男性だとすればかなり親しい、肉親か恋人以外はあり得ない。千恵さんには姫川さん以外に特定の恋人がいた形跡はなく、実家に問い合わせても、千恵さんには兄や弟はいなかった。父親は自宅にいました」

「訪問者が女だという点は、くどくど説明しなくてもわかりました。で、その訪問者が殺人者なのね？」

「そうなりますね……犯人は、何か適当な言い訳を作り出して明け方に千恵さんの部屋を訪れた。いくら相手が女性でも、見ず知らずの人をいきなり部屋に入れるというのはあまりに不用心です。ここからは完全に想像に過ぎず、まったく事実と異なっているかも知れませんが、いちおうこんなことも考えられる、とお考えください。たとえば、犯人は、朝子さん、つまり姫川均さんの奥さんの名前を騙ってどこからか電話をかけた。時刻的には、そうですね、均さんが部屋から帰られた時を狙って電話したというのがわたしの推測です。犯人は犯行の機会を狙って千恵さんの様子を窺いに、彼女の部屋にやって来た。そして均さんが帰るところを目撃した。この時犯人の頭の中で、均さんに千恵さん殺しの罪をなすりつける計画が生まれたのではないでしょうか。が、この時すぐに犯行に及ばなかったのは、自分がその時刻、地下鉄のもより駅を利用したことを目撃されていたおそれながあったから、つまり、準備不足だったからでしょう。犯行はもっと人のいない時刻がいい。特に、後でわかりますが、犯人にとっては明け方が最適だったのです。しかし明け方にいきなり千恵さんの部屋を訪問しても、そう簡単には中に入れてもらえない。そこで朝子さんの名前を騙り、不倫の事実を知ってしまったので二人だけで話し合いがしたい、と申し出た。夫が寝静まってから家を出てタクシーで参りますから、午前三時頃に、とでも言って約束をしておきます。千恵さんとしては、眠るどころではなくなってしまい、じっと朝子さんの訪問を待っていたのだろうと思います。さて、犯人は約束通り、午前三時、あるいは四時頃でしょうか、千恵さんの部屋を訪れました。不幸なことに、千恵さんは朝子さんの顔を知らなかった。もし知っていれば、犯人に騙されてやすやすと殺されてしまうことはなかったかも知れないと考えると残念です。ともかく、千恵さんはやって来た犯人を朝子さんと思い込みました。そして部屋にあげた。犯人はぐずぐずしてはいなかったでしょう。用意して来たビニールの荷造り紐でさっさと千恵さんを絞め殺してしまいました。隣室の人が何も気づかずにぐっすり寝ていたところからして、犯人の動きはおそろしく俊敏だったと思われます。が、殺人を犯して興奮しきっていた犯人は、ここで、とんでもないことをしてしまいました。まったく余計なことを……それさえしなければ、面倒な偽装工作など一切せずに、犯行を均さんの仕業にしてしまうこともできたかも知れないのに」

「いったい」

敬子の声はとても静かだった。

「犯人は、何をしてしまったの？」

「食べてしまったんです」

メグが言った。敬子は、呆気にとられて瞬きした。

「……何を……食べてしまったんですの？」

「薔薇です」

メグは言って、肩をすくめた。

「殺人という大きな仕事をやり終えて脱力してしまった犯人の目に、真紅の大輪の薔薇の花は、あまりにも魅力的、あまりにも、おいしそうでした。犯人はほとんど無意識に、自分でも何をしているのか考えずに、むしゃむしゃと薔薇の花を食べてしまった。ふと我にかえった時、目の前には、花をもがれてガクだけが残った薔薇の茎が五本、整然と花瓶の中に生けられていたんです」

「な」

敬子はひきつったような声を出し、息をひっひっと吸ってから、けたたましい笑い声をあげた。

「何を言い出すのかと思ったら！　そんな馬鹿々々しいこと！　そりゃ、薔薇はエディブル・フラワーですわよ、花びらが食べられることはわたしも存じておりますし、実《み》はルビーのような色の酸っぱいお茶になって、健康にも美容にもよろしいともうかがっておりますわ。ですけれど、そんな、いくら殺人で興奮したからって、あなた、うさぎじゃないんですから、花瓶に生けられた花をむしゃむしゃ食べるなんて……あは、あはははは……」

メグは敬子の気の済むまで笑わせてやりたい衝動に駆られていた。実際、今、その事実を知って、敬子は気が狂うほどおかしいのだろう。まさかそんな幼稚な失敗のためにこんなに苦労させられたなどとは、信じたくないに違いない。

それでも、敬子の笑い声は次第にヒステリックに甲高くなっていくばかりで一向に収まる気配を見せないので、咲和子に目配せした。咲和子は慣れた調子で敬子のそばに行き、机の上にあった湯呑み茶碗に残っていた、冷たくなっているだろう茶を無理に飲ませた。

ごほごほと咳き込んで敬子の笑いは止まった。

「犯人は、花がすっかりなくなってしまった五本の薔薇の茎を見て呆然となったでしょう。そんなものをそのまま現場に残してしまえば、少なくとも、どうして花びら一枚残っていない無惨な薔薇が花瓶にささっているのか、誰もが不思議に思うでしょう。そこからはちょっと推理されてしまえば、犯行を行った者がどういう素性のものだったかすぐに悟られてしまいます。犯人が殺人を犯してまで知られたくなかったこと、それを世間に告発するのが、その、茎だけになった薔薇だったんです。犯人は半ば逆上して、薔薇を捨てようと焦って手を伸ばし、その拍子にチェストを揺らしてしまいました。花瓶が倒れ、写真立てが落ち、クリスマスツリーまで倒れます。写真立ては問題ありません。どのみち、その写真を奪うことも犯人の目的ではあったわけです。首尾よく写真を抜き出し、それもたぶんチェストの上にあったものが下に落ちたんだと思いますが、美容室から来ていた葉書に綺麗な花の写真がついていたことを利用して、抜き出した写真の代わりに写真立てに葉書を入れました。ですが、チェストの上を片づけて写真立てを戻そうとして、犯人は恐ろしい物に気づいたのです。それまでは、それがそばにあることも知らなかった。なのに今、それはすぐ目の前に、犯人の伸ばした手の先にあった……」

「もったいぶらないで！　さっさと言ってちょうだい、いったい何がチェストの上にあったって言うの？」

メグは、敬子の顔を見つめたままで言った。

「十字架です」

3

「じ……じゅうじ……」

ぶるっ、と敬子が全身を震わせた。言葉にするのも嫌だ、という顔だった。

「どうして……そんなものが……」

「クリスマスツリーのオーナメントだったんです。飾りですね。ツリーが倒れるまで、それはつくりもののモミの枝に隠れていて、犯人はその存在に気づきませんでした。犯人は一般社会の中で生まれて育っていましたから、十字架に対する耐性はある程度あったと思われます。だから、その姿が見えていない間は存在に気づかなかった。たぶん、実際にはわずかながら体調に異変を感じてはいたでしょう。軽い吐き気とか頭痛くらいはしていたかも知れません。でも、殺人の興奮と、それに、夜明け前という時間帯のせいで、そうした不調など気にならなくなっていたんです。先ほど言いましたよね。犯人はわざと、夜明け前を犯行時刻に選びました。犯人は自信がなかった。自分に本当に、殺人などやってのけられる強さがあるかどうか不安だったんです。ですから、体質的にもっとも活動が活発になり、代謝があがり、テンションも高くなる夜明け前の時間帯を選んだんです。なのに、せっかくあがっていたテンションは、十字架の出現で恐怖へと変わってしまいました。そうこうしている内に、倒れた花瓶から流れ出た水が床を濡らします。薔薇がそこにあった事実が殺人現場に染込んでいく。犯人は焦り、必死の思いで写真立てをチェストの上に戻し、薔薇の入った花瓶を摑んだと思います。この薔薇だけは始末しなくては。犯人はともかく、薔薇を花瓶から抜き取ると、それだけ手にして現場のマンションから逃走しました。どこから逃げたかはたいした問題ではありませんが、推測すれば、玄関から普通に出て行ったんだと思いますね。もちろん、鍵など閉めていない。そんな余裕などなかったのではないかと思います」

敬子はもう何も言わなかった。目を閉じ、眠ってしまったかのように静かに、メグの声を聞いている。

「すでに充分おわかりだと思いますが」

糸井が言った。

「吾妻千恵さんを絞殺した犯人は、我々と同じ種族、つまり、ヴァンパイアでした。だから真紅の薔薇を見れば食べたくなり、明け方にテンションが上がり、十字架が怖かった」

「……そうでしょうね」

敬子は、他人事のように呟く。

「でも……それがわたしに何の関係が？」

「第一の殺人について、もう少し話させていただいてよろしいでしょうか」

メグの言葉に、敬子は黙って頷いた。

「推理というよりは、ここからも大部分は想像です。が、真実からそう遠くはないと思っています。ですのでとりあえず、聞いてください。さて犯人は、一度は逃げて自分の家へと帰ります。しかし、冷静になってみると、あまりにも間抜けなミスを重ねていることに気づきます。薔薇は持ち去ったものの、花瓶はそのままにしています。しかも、薔薇が生けられていた水はそのへんにこぼれたままです。何か花が生けられていてそれが持ち去られた、というのは明白です。それに、大輪の薔薇というのは決して安いものではありません。それが五輪、しかもすべて真紅となれば、売った花屋は客のことを憶えているでしょう。千恵さんの部屋に姫川均さんが来ていたことを、犯人は知っていました。だとしたら、薔薇を持って来たのが均さんである可能性は極めて高い。花屋から均さんが割り出され、薔薇が持ち去られたとわかったら。これは本当にただの想像ですが、花束を包んでいた包み紙の処理も忘れていたんじゃないでしょうか。犯人は、千恵さんの部屋に戻ってそうしたものを掃除しなくてはならない、と考えました。ですが、チェストの上には十字架があります。チェストの上にこぼれた水は、写真立てやその他のものを濡らしています。ツリーの枝も濡れたかも知れません。床にもこぼれています。それらを完璧になかったものにするには時間がかかります。床はともかく、チェストの上を丁寧に掃除することなどは、犯人にとっては不可能に思われました。しかし花瓶だけ持ち去ってこぼれた水を掃除していなければ、またまた矛盾が発生してしまうことになります。どうしたらいいか。犯人は、別の花を持ち込むことを思いつきました。その花が花瓶に生けられていたように偽装できれば、薔薇が持ち去られたという事実は隠ぺいできると考えたわけです。しかし、もうじき夜明けになろうかという時間に花屋を探すのは大変です。二十四時間営業のスーパーなどで手に入れることはできても、そんな時間に花を買う客がたくさんいるわけはなく、店員に顔を憶えられてしまうかも知れません。ところが。犯人の部屋にはちゃんと花があったのです。犯人は、花嫁修業の一環として、フラワーアレンジメントの教室に通っていました。そんな犯人が常に部屋に花を飾っていたとしても何ら不思議はありません。犯人はすこぶる単純に、自分の部屋に飾ってあった花をそのまま持って、もう一度千恵の部屋へと向かいました。それが、八本のクリスマスローズの花でした」

「しかし我々警察の調べでは、犯人が十一月三十日以前の数日間に、花屋でクリスマスローズを買ったという事実はまだ出ていない」

糸井が口を挟んだ。

「それについて、何か我々に提供できる情報があるんじゃないですか、津川さん」

敬子は黙ったままだった。糸井を無視し、じっと宙を睨んでいた。


「続けます」

メグは、ふう、と息を一度吐いた。

「犯人は八本のクリスマスローズと、念のため、それを生けてあった花瓶の水も持って千恵の部屋にもう一度向かいます。部屋の鍵はかけずに逃げて来ましたから、部屋の中に入るのは簡単でした。薔薇を包んでいた紙類を探し、ペットボトルか何かに入れて来た花瓶の水を、こぼれた薔薇の水の上からふりかけ、さらに、床に転がったままの花瓶に持って来た白いクリスマスローズを生けようとして、犯人は自分のつまらないミスに気づきました。花が多過ぎるんです。八本は入らない。いくら押し込んでもダメ。入る分だけにして、余ったものは持ち帰る、という選択はあり得ました。なぜ犯人がそうしなかったのかは、犯人に聞いてみないと本当のところはわかりません。が、犯人は、もっと積極的に薔薇の問題を覆い隠す名案を思いつきます。メッセージです。犯人からのメッセージ。床に倒れている千恵さんの遺体の周囲に、いかにも意味ありげに花を撒く。そうすれば、警察もマスコミも、この季節にクリスマスの名を冠した白い花を、思わせぶりに遺体に飾るという異様な行為に目を奪われて、犯人が変質者や妄想狂、あるいは千恵さんに対して異常な執着を持っている、といった方向に勘違いしてくれるのではないか。女が女に花を捧げるというシチュエーションはあまり多くない。女性の遺体に花を捧げたのであれば、それは男性の仕業だろうと、みんな思ってくれる。犯人は、咄嗟にそう考えて、それを実行に移したのではないでしょうか」

「猟奇的だが美しい犯罪。華麗な殺人現場。当然、わっとマスコミが群がり、犯人像が一人歩きしてくれるものと犯人は期待した。だがその通りにはならなかった。警察が肝心のクリスマスローズの部分について、情報を公開しなかったからです」

「犯人は焦ったでしょうね。でも、それだけならば、犯人と被害者との関係が人に知れることはあり得なかった。なぜなら、殺された千恵さん自身、最期まで、自分を殺した者の正体を知らなかったと思われるからです。ですが、千恵さんの恋人、というか、不倫相手だった均さんは、犯人と知り合いでした。均さんは犯人をそんなに凶悪な人物として知っていたわけではありません。おそらく、犯人は均さんには友好的に接していたのでしょうし、また、均さんは自分のしていることが犯人にとって、殺人を決意させるほど危険なことだなどとは、まったく考えていなかった。千恵さんが殺されたと知った時も、当然ながら大変なショックを受けたとは思いますが、なにしろ妻を裏切った不貞行為です、実はわたしは、と警察に名乗って出ることはできなかった。均さんは悩みました。そして悩んだあげく、もっとも相談してはならない相手に相談してしまった。犯人です。犯人は、均さんが妻の手前、絶対に千恵さんの愛人だとは名乗って出ないだろうと考えていたんです。うっかり名乗って出れば、家庭崩壊だけでなく、運が悪ければ殺人犯に仕立てられてしまう危険性だってありました。だから均さんは名乗って出ない。そう犯人は確信し、薔薇の一件から警察が均さんを割り出してしまうケースだけを心配していた。薔薇の存在が警察の持つ情報から消された後は、もう安心だ、と考えていた。ところが、その均さんから相談が持ちかけられた。確かに浮気だった、本当は妻を誰より愛している、しかし、このままでは殺された千恵が可哀相だ、うんぬん。まあだいたい、そんなような気持ちを犯人に話してしまったんでしょうね。犯人はパニックになり、遂に自分の犯した犯罪について、母親に打ち明けたのではないでしょうか」

「もう、いい加減にして！」

敬子が金切り声をあげた。

「あ、あなたたちは……その吾妻千恵とかいう女を殺したのが、鈴だと、あたしの娘だと言いたいのね！　なんて、なんてひどいことを……あたしの娘も殺されたんですよ！　警察が死亡を確認したんじゃないんですか？　ちゃんとお葬式も出したし……」

「骨は？」

糸井は冷たい声で訊いた。

「娘さんのお骨はどちらです」

「の、納骨を済ませました」

「もうですか？　まだ四十九日にもならないのに？」

「そんなこと、わたくしどもの勝手です！」

「もう、やめようよ」

咲和子が静かに、言った。

「今日、うちの事務所の探偵使ってめいっぱい調べさせたのよ。三件の連続殺人の被害者、その遺族について、と言うか、遺体の引き取りと葬式について、かな。吾妻千恵の遺体は家族が引き取って、火葬にして親戚一同で骨を拾ってる。玉島寛美のとこも同様よ。実は彼女の場合、今日が葬儀でね。ちゃんとうちの探偵が、焼き場で釜に収まるとこまで見届けてる。だけど、津川鈴、あなたの娘の場合だけ、遺体が引き取られてから火葬されたって痕跡がどうしても見つからなかったのよ。あなたは確かに、葬儀社の人間と一緒に遺体を引き取った。でも、葬儀社は遺体の運搬を頼まれただけ、遺体をあなたの家に運んでから後のことは知らないって言ってる。義理のある葬儀社があとを引き受けるからと言われて、火葬許可もとらないまま、引き下がったらしい。それから後、あなたの家にあるはずの鈴さんの遺体を運び出した葬儀社がどうしても見つからないし、火葬されたって記録も出て来ない。もし遺体がまだあなたの家にあるとしたら、冷蔵庫に入れてたってそろそろヤバイ頃じゃないの？　冷凍してとってあるって言うなら話は別だけど」

「鈴さんはとっくに蘇生しているはずです。二番目のクリスマスローズ殺人事件は、あなたと娘さんが仕組んだ狂言でした。心臓に杭を打ち込まれない限りは、たいていの方法で殺しても蘇生できるという、我々の特異体質を利用した狂言なんです。あなたがビニール紐で絞め殺したくらいでしたら、まず問題なく、彼女は元気に甦ったはず」

敬子は、追い詰められた目で一同を見回していた。

誰かが喉を鳴らす音が聞こえたが、誰も音のした方に振り向いたりせず、ただ敬子を見つめていた。

かたん。

小さな音をたてて、それまで気づかなかった、店に通じるのとは反対の壁にあったドアが開いた。

「鈴さん」

　メグは声に出した。

　美しい吸血鬼は、こくん、と頷いた。

「あんな……あんな写真さえなければ」

　鈴が唇を噛んだ。

　メグは、朝子に虫眼鏡で確認させた写真をポケットから取り出した。

「ドナルドダックを挟んで楽しそうな千恵さんと寛美さんです。シャッターを切ったのは均さん。背景に、銀色の風船を持っている子がいます。後ろ向きで背中だけですが、銀色の風船、ヘリウム・ガスが入っている、その昔はUFO風船などと呼ばれたあれですね、風に少し流されて低いところに風船が降りています。そしてその横に……鈴さんと、お友達が写っています。お友達の顔は、歪んではいますが、ちゃんと銀色の風船に映っていま す。なのに、そのすぐ横にいる鈴さんの姿は、まったく何も映っていません。かけらも。吸血鬼なんだから、鏡に映らないのは当たり前ですよね」

　メグは無理して微笑んで見せた。

「でもこんなに小さな部分なんて、普通の人なら絶対に気づきませんよ。虫眼鏡で見たって指摘されなくてはわからなかったでしょう。鈴さん、こんな写真、気にすることはなかったんです。この程度のことは、我々だってしょっちゅう体験しています。均さんが気づいたのは、ファインダーをのぞいてピントを合わせようとしていたからでしょう。そして均さんが、ある理由から、特別に我々の種族に関心を持っていたからです」

鈴が怒鳴った。

「あいつは！」

「あいつは、わざわざあたしを追い掛けて来たのよ！　そしてあたしの耳に囁いた。秘密にされているのでしたら誰にも言うつもりはないのですが、あなた方のような人たちについて、教えていただきたいことがあるんです、そう言ったの！　そして自分の名刺をあたしに押し付けた……脅迫だと思ったのよ！　他にどう思えって言うの？　あたしは、あたしと母は、未登録のヴァンパイアなのよ！　この国では存在がゆるされていない、非合法な吸血鬼よ！　あ、あんたたちみたいな、正規の登録者にその苦労がわかる？　あたしも母も、吸血鬼であることは絶対に他人に知られるわけにはいかなかった。知られてしまえば、運が良くてVヴィレッジへの強制送致。だけどあたしと母は、あの村の出身じゃない！　あたしたちは難民なのよ……東欧で迫害され、イギリスに逃げ、イギリスでも危うく殺されそうになってアジアに逃げ……もう何百年、流浪の旅を続けているか……それでもあたしと母は探し続けてる……あたしたちの仲間を。Vヴィレッジの連中じゃなくて、あたしたちと同じ祖先から派生した、あたしたちの系統の仲間を！」

「村にも東欧出身の系統はある。メグだってそうだ」

糸井が言った。が、敬子が立ち上がって叫んだ。

「一緒にしないでちょうだい！　穢《けが》らわしいっ！」

「穢らわしい？」

「そうよ。わたくしたちは、コウモリや黒猫に変身するような邪悪で下劣な吸血種族ではありません！　あんな、下等な吸血鬼がトマトジュースばかり飲んでいるような村に送られて、そこから一生出られなくなるくらいなら、殺人でもなんでもして身を守った方がい い。娘のしたことは間違っておりません！」

「そのためにまったく罪もない二人の女性を殺して、さらに姫川夫妻まで手にかけて、それでも構わないってあんた、言うのか！」

「構わないわ」

敬子は、憎悪に満ちた目で糸井を睨んでいた。

「構うもんですか。あなたたちにわたくしと娘を非難する資格なんてない。あなたたちはしょせん、情けなくも差別を受け入れて、何の能力もないけれど数だけ多い平凡な人間たちに隔離されて飼われている、種族の敗残者ではありませんか。そんな連中に何を言われても、わたくしたちは平気です。娘は汚らしい人間に脅迫されたんですよ。どんな下心があったのか知りませんけれど、あの姫川という男は、娘を脅したんです。娘は身を守ろうとしただけですわ。写真のことなど気にしなくていい？　そんな言い種は、仮に吸血鬼だと周囲にばれても失うものがないあなたたちの論理です。我々は、Ｖヴィレッジに送致されることを受け入れるか、さもなくば安楽死させられる運命です。麻酔をかけられて眠っている間に心臓に杭を打ち込まれ、煙となって消えなくてはならないのです。娘の婚約者は東欧に強い外交官の卵でした。子供時代、父親の仕事の関係でルーマニアやブルガリアで暮していたのです。いずれ東欧に派遣されることはわかっていました。娘とわたしはその男について東欧にわたり、誰にも怪しまれずに祖先の種族を探したかった。幼い頃に生き別れた親戚と再会したかった。その矢先に、姫川に強請《ゆす》られたのです！　娘の恐怖が、わたしの恐怖が、あなたたちにわかってたまるものですか！」

「姫川均さんは脅迫者などではありませんでした」

メグは静かに言った。

「彼はただ……悩んでいただけなんです。彼は大部分の日本人と同様、非合法な吸血鬼の存在だとか、我々が政府によっていつでも抹殺され得る立場にあることなど、何も知らなかった。ただ、登録されていない隠れた吸血鬼の存在については知っていました。ディズニーランドで鈴さんを見かけた時、姫川さんは純粋に、相談にのって貰いたいと思ったのです。その理由は」

メグは、自分の後ろに隠れるようにして立っていた朝子を、そっと前に出した。

鈴が短い悲鳴をあげた。

「お、おまえは……」

敬子は、言葉を呑み込んだ。

4

「先ほど、無事に蘇生されました」

糸井が言った。

「姫川さんは奥さんのことを愛していました。けれど、どうしても理解できないことがあったのだと思います。浮気をしてしまったのも、そうした心の隙間のせいでしょう。でも姫川さんは、なんとか修復したいと思っていました。それで、若くて美しい吸血鬼と出逢った時、その人と知り合いになっていろいろアドバイスして貰ったらいいんじゃないか、と考えたわけです。あなたたち母娘の秘密をばらして破滅させようなどとは、かけらも考えていなかったと思いますよ」

敬子が、崩れるように椅子に座った。鈴も呆然と口を開けたままでいた。

「そもそも、連続殺人が我々の種族の問題と関係があるのではないか、と思ったのは、実は前の三つの事件がきっかけではなく、最後の、朝子さんの事件が起こったことについて考えていた時でした」

メグは続けた。

「姫川家で見たものを思い返していて、ある点に気づいたんです。姫川家には、鏡が一枚しかなかった。洗面台のところにはありましたが、玄関にも風呂場にも、夫婦の寝室にもなかった。初めは、風水の関係かな、と思いました。寝室に鏡を置くのはあまり良くないと聞いたことがあります。でも、姫川家の寝室には壁一面のクロゼットやチェスト、ライティングデスクなど、かなりお金のかかった家具が置いてありました。なのに、女性が化粧をしたり髪をとかしたりする時の必需品、化粧鏡がなかった。洗面台の鏡の裏は収納棚になっています。ここには基礎化粧品がずらっと並んでいましたが、メイク用品がほとんど入っていなかった。お化粧をまったくしない女性というのは案外たくさんいるものです。女なら化粧して当たり前、というのは偏見でしょうね。でも、化粧はしなくても鏡は見るのが女です。その鏡が一枚しかない。もしかしたら、と思ったんです。そして、そのことが連続殺人の動機、ミッシングリンクなのではないか、と仮説をたてました。そうなると、前の三つの殺人の被害者たちも、我々と同じ種族である可能性が出て来ます。それを確認するのは簡単でした。被害者たちが、メイクに凝っていたかどうか調べればいい。睫をカールしたりマスカラをたっぷり重ね塗りしたり、アイラインを上手にひいたり、口紅を紅筆でくっきりと描いたり。そんな真似は、鏡に顔が映らない吸血鬼の女には不可能な芸当なんです。調査の結果、吾妻千恵さんと玉島寛美さんは、まず間違いなく吸血鬼ではなかった、と結論しました。しかし津川鈴さんだけは可能性として残ったんです。鈴さんは薄化粧で、口紅すら指でさっと塗るだけだった。一方、前の三つの殺人には、写真が紛失している可能性がある、という共通点があります。でも鈴さんのケースでは、本当に写真が持ち去られたのかはわかりません。千恵さんと寛美さんの場合には、明らかに写真が持ち去られていた。ご主人が失踪している朝子さんの事件を保留にして考えると、鈴さんのケースだけが異質に思えます。そこに、鈴さんの遺体が火葬された形跡がないという事実、さらに、成田で探偵の尾行をまいた姫川さんが六本木に消えたという事実を重ね合わせれば、鈴さんが吸血鬼であり、二番目の殺人事件は狂言ではないのか、という疑念がわいて来ます。もちろん、たまたま変質者の毒牙にかかった女性が吸血鬼だったので無事に蘇生した、という可能性も完全に否定はできませんよね。でもそうではないということは、寛美さんの部屋から見つかったドナルドダックではっきりしたわけです。三人は一枚の写真に収まっており、その写真を撮ったのは四番目の犠牲者の夫です。どうして、ネガまで処分したはずの写真が出て来たのか、お知りになりたいですか？」

「どうでもいいわ、そんなこと」

鈴が、抑揚のない声で答えた。

「もう、どうだっていい」

「玉島寛美を殺したのはわたくしです。娘ではありません」

敬子が気丈に言った。

「先ほど、クリスマスローズの出所について何か情報を持っていないかとお尋ねになりましたわよね？　ええ、持っておりますとも。わたくしの家で育てておりますのよ。ご存じないかも知れませんけれど、クリスマスローズは切り花としての人気よりも、育てる鉢物としての人気の方が高い花なのです。最初のクリスマスローズも、わたくしの家で育てているものから切り取って娘に贈ったものでした。わたくしは十二本、娘にあげたのです。ですから、娘が死体のまわりに撒いたのも十二本だと思い込んでおりました。実際には娘

ったら」

敬子は一瞬だけ母親の顔になり、鈴を見た。愛情のこもった、いたずらな子供をたしなめる目だった。

「食べてみたらしいんですの。四本分」

「ローズ、っていうんだもの、薔薇の仲間だと思ったのよ。だから味見してみたの」

「クリスマスローズは毒草ですよ」

メグが言ったが、鈴は、ふふん、と笑った。

「あらそうなの。でも味はそうひどくなかったし、お腹も痛くならなかったわよ」

「娘を絞め殺して連続殺人に見せ掛けるため、せっかく丹精こめて育てた花を十二本も無駄にしたのに、警察はいつまでたってもクリスマスローズのことを公表してくれません。姫川が娘に見せた写真は、姫川のカメラで撮ったものではないということを、娘から聞いて知っておりました。娘が尋ねると、姫川は、写真を送ってくれた親切なお嬢さんの名前も住所も教えてくれたのです。その玉島寛美のところには、問題の写真のネガもあることですし、もうついでだからやってしまうしかないと思いましたの。でも玉島寛美は一人暮しではありませんでした。妹が邪魔です。二、三日、玉島寛美の様子をうかがっていて、妹とスーパーで買い物しながら交わしている会話から、その妹がスノーボードをしに泊まりがけで出掛けてしまうことを知りました。チャンスでしょう？　こんなチャンスは絶対に逃せませんわよね。殺害は昼間がいいと思いました。さすがに夜は用心しているでしょうからね。寛美がコンビニから帰るところをあとをつけて、部屋に入ったところで呼び鈴を押し、駅前の花屋ですが、お花をお届けに参りましたと言いましたの。不用心な子で、チェーンすらかけておらず、ドアを開いてくれました。しかも、受け取りに印鑑が欲しいと言うと、そのまま、ちょっと待ってくださいとか言いながら部屋の奥に。おあつらえ向きでした。彼女の後ろから部屋の奥に入り、紐できゅっと絞めておしまいです。でも、写真の処理は慎重にやりました……やったつもりでおりました。どこかにミスがあったんですのね」

「壁にたくさん、スナップ写真が貼ってあったでしょう。あの中に混じって、もう一枚あったんです」

「あら、まあ」

敬子はすっかり落ち着きを取り戻していた。不敵に笑い、挑戦的な視線を糸井に投げつける。

「お花はちゃんと届けましたのにねぇ」

「わからないのは鍵のことです。そこまで喋ったのでしたらぜひ、教えていただきたい」

「鍵？」

「吾妻千恵さんの部屋は二階です。犯人は窓から逃げても雨樋を伝っても降りられるし、ベランダ伝いに非常階段に出ることもできた」

「ぶら下がってから飛び下りたのよ」

鈴がぶっきらぼうに言った。

「今度はちゃんと玄関に鍵をかけないと、って思ったし。だからベランダに出て、たいして高くないなと思ったから、手すりを乗り越えてぶら下がったの。柵みたいになってる手すりでしょ、少しずつ腕の位置を下にずらしていって、いちばん下まで来た時手を離した。あたし、身長が百七十センチあるでしょ、だから足の先から地面まで、一メートルちょっとしかなかったのよ。怪我なんてしないでも飛び下りられたわ」

「ですが、玉島さんのところは四階だ」

ほほほほ、と、敬子が心から楽しそうに笑った。

「鍵なんて、探せば見つかるものですよ。女の考えていることはみんな似ているんです。わたくしはスペアキーをティッシュケースの隠しポケットに入れて持ち歩いております。玉島寛美のスペアキーは、バッグの中の化粧ポーチに入ってました」

「あなたは自慢なんですか？」

糸井の声には怒りが滲んでいた。

「冷静沈着に人を殺したことが、そんなに自慢ですか?」

メグは、糸井のそばに寄り、その腕を軽く押さえた。

「姫川均さんはどこにいます?」

メグは訊いた。

「どうしてわたくしたちが知っていまして?」

敬子がまた、冷たいせせら笑いを顔に浮かべる。だがその人を見下した笑顔の中に、はっきりとした諦めを、メグは読み取っていた。

「津川さん、あなたは、玉島さんを殺した時にはすでに、姫川さん夫妻を殺す計画も立てていましたよね? 連続殺人の最後の被害者を朝子さんに、そしてそれまでの事件をすべて、姫川さんの犯行に見せ掛けるという恐ろしい計画です。姫川さんは鈴さんがヴァンパイアであると知っていたわけですから、二つ目の事件が狂言だということはすぐに見抜いた。しかしどうしてそんな狂言を企てたのか不思議に思ったでしょう。問いつめた姫川さんに、いったいどんなでたらめな話を持ちかけて、姫川さんを計画に巻き込んだんです?」

「おかあさま」

鈴が母親の肩に手を置いた。

「もう、うんざりだわ。いいじゃないの、何もかも話してしまいましょうよ。その方がすっきりする」

鈴は母親譲りの尊大な笑顔をメグに向けた。

「つまらない話よ。母は、ただこう言っただけ。これは千恵さんを殺した犯人をあぶり出す計画だ、ってね。あの男は、まったく疑おうとしなかった。どうしてあんなにも、吸血鬼が善人ばかりだなんて、無邪気に信じていられたのかしらねぇ。ともかく、あたしが死んだことにすれば千恵さんを殺した犯人はきっと慌てる。警察も公表していないが、実は現場にはクリスマスローズの花が残されていて、なんたらかんたら。適当なこと言って、ともかく言った通りにすれば千恵を殺した犯人を捕まえられるって吹き込んだのよ。あの男はね、妻を愛していながら若い女と浮気していたことを、よくよく後悔してた。だから千恵の敵討ちでもしたかったんじゃないの。玉島寛美を殺す予定は二十一日だった。妹がいない日曜日がベストだったから。でも寛美の遺体が発見されるのは、妹が戻って来る二十四日のはずだったのよ。だからその前に姫川と妻を殺してしまうつもりで、姫川には、二十二日から三日間、会社を休んで協力してくれと言ってあったの。ただし危険が伴うので奥さんには内緒に、出張でも行くふりをしてくれってね。まさか、たった三日のことなのに海外出張をでっちあげるとは思わなかった。出張に行くと見せ掛けて、ちゃんと飛行機に乗る振りもしてから店に来い、母の言葉にまったく従順に、あの男はここにやって来た。実のところ、半信半疑だったのよ。だって月曜日の昼には、玉島寛美の死体が妹に発見されたってニュースが流れてたんだもの。あの男がテレビを見てたら万事休すだった。でもあいつは何も知らなかった。まったく鈍感と言うかなんて言うか、ねえ」

「主人は……テレビは滅多に見ませんでした……」

朝子が泣き声で言った。最愛の夫が冷血な母娘から馬鹿にされ、殺される一部始終を聞かされながら、必死に取り乱すまいと耐えている。メグは怒りで気が遠くなりそうだった。だが、今暴れるわけにはいかないのだ。二人の告白はまだ済んでいない。姫川均の遺体がどこに隠されているか喋らせるまでは、我慢を続けなくてはならない。

「あいつには、出張に出る前にあたしが家に行くからと伝えてあった。実は何も言い訳なんて考えてなかったのよ。でも口からでまかせで、万が一の時のために、あたしは家にいて奥さんを守ります、なーんて言っちゃった。で、保険外交員のふりして昼過ぎにあいつの家に行った。私立探偵を雇わせたのも、奥さんを守るため、ってね。本当の目的はもちろん、そこにいる奥さんが家の中で殺されて、でも誰も出入りした者はいなかった、犯人は失踪してる夫だ、って物語を完璧にするための証人が欲しかったわけ。探偵が張り込むのはあいつが出張に出る時刻からだから、その前に家の中に入ってればＯＫでしょ？　それで、あいつが出掛けてから、しばらくして奥さんを気絶させたわけ。ちょっと薬をかがせてね」

「でも、朝子さんは一度姿を見せてるわ。玄関の掃除をして、花を家の中に持ち込んだ」

「あんたたち、どうせあのボロいマンションの部屋から覗いてたんでしょ、家の中を。上の方の階に空き部屋があるから、見張るとしたらそこからしかないもんね。上から玄関先を見下ろすわけだから、俯《うつむ》いていれば顔なんて見られっこないじゃない」

「じゃ、変装したの？」

「そんなたいしたもんじゃなかったわよ。ただ、気絶したその女の服をちょっと借りて、髪の毛を同じように後ろで縛っただけよ。あたしの髪の方が色がちょっとだけ明るいんだけどさ、探偵はその女のこと、どうせあの日に初めて見るんだろうから、細かいとこまでわからないと思ったわけ。実際、わからなかったでしょ？　身長だって、あたしの方がかなり高いんだけどねえ。上から見下ろしてしまうと、身長ってわかりにくくなるもんね。それにあたし、掃除したりして動きまわって、背の高さが違うことに気づかれないようにしてたもん。だけどほっんと、間抜けよね、あんたたち。そんなんでよく私立探偵が務まるものね」

「それで」

メグは怒りを押さえつけながら言った。

「洗濯機の中に押し込んだのね」

「あら」

鈴はニヤリとする。

「わかってたんなら、どうして助けなかったわけ？」

「わからなかったのよ」

メグは悔しさで流れる涙を止められなかった。

「あの時は……洗濯物が入ってたから。でも後になってわかった。あんなに綺麗に家の中を整理整頓して、きちんとしている朝子さんが、色物や柄物と下着とを、いっしょくたにして洗濯機の中に入れるはずがない。それに気づいて、からくりがわかったわ。あなたは姫川さん夫妻を殺した直後で、まだ何の工作もしていなかった。それなのに、探偵がこちらに向かって来ると、見張り役をしていた母親から携帯に連絡があった。奥さんのからだは軽かったので洗濯機に押し込んで、上から洗濯物を突っ込んで隠した。でも均さんの遺体は重くてどうにもならない。仕方なく、殺害現場の風呂場に放置した。浴室乾燥機を作動させておくことで、殺害時刻が曖昧にできるかも、というのは咄嗟の思いつき。あなたは母親からの指示を受けて、あたしたち探偵が車の後ろを通り抜けている間に、勝手口から出て塀を乗り越え、隣の家の庭に隠れたのよ。本来の計画では、ちゃんと朝子さんの遺体をクリスマスローズで飾るつもりだったけれど、そんな暇はなくなっちゃったんだから仕方ないわよね。でもあなたたちの予想外に、探偵は警察を呼ばず、撤退してしまった。それであなたたちは家の中に入り、洗濯機から朝子さんをひきずり出して花で飾った。遺体の様子が妙にきちんとしていたのは、殺したまんまじゃなくて一度移動させているからだった。不思議なものよね、整っているものを乱すのは簡単なのに、乱れているように物を置くって、難しいのよ。自然に見えるようにしたつもりだったんでしょうけど、朝子さんの遺体はすごく不自然だった。いずれにしても、探偵に均さんの遺体を見られた失点は回復できない。均さんの遺体をどうするかで、あなたたちは悩んだでしょうね。結論として、あなたたちは当初の予定通りにことを進めることにした。探偵が警察に何を証言したとしても、遺体が出て来なければ勝てる、そう考えたのかな？」

「馬鹿ね」

鈴が笑った。

「均の死体を見ていながらすぐに警察を呼ばなかった点で、あんたたちがまともな探偵じゃないと思っただけよ。何か警察に対して後ろぐらいことがあるんだろう、ってね」

「なるほど、あんたたちは利口だった。だが物事は、もっと単純に進めた方がいいんじゃないか？　津川鈴、あんたが探偵が張り込むより前に家の中に入ってたってのはグッドアイデアだったが、犯人に仕立てあげる予定の均まで、誰にも見つからないように家の中に忍びこませたのはなぜなんだ。亭主が出張を切り上げてこっそり家に戻って来た、って状況を作り出すにしても、誰にも見られないように戻ったんじゃ意味がなかっただろう？」

「何を言ってるのかわからないわね。だって探偵が見張ってるんだから、当然、家の中に入るあいつの姿はその探偵たちが見てたでしょう。まさか吸血鬼だなんて思ってないんだから、まっとうな探偵なら何か起これば警察を呼ぶ。警察に、あいつが家に戻ったと証言するのはその探偵の役目だったわよ。当たり前じゃないの。そりゃ、こっそり家の中に入りなさいとは指示したわよ、だってあんまり堂々としてたんじゃ、探偵が不審に思わないものね。でもね、あいつは忍者じゃないのよ。正面から見張ってる探偵が見えなかったって言うんなら、あんたたちってよっぽどひどい探偵なのね。最低じゃないの」

太郎と咲和子が、ほぼ同時にメグを見た。メグは首を横に振った。そんなはずはない。絶対に、誓って、均の姿は見ていない。もし西側の道路から家の裏にまわり込んで、風呂場の窓か何かから入ったんだとしても、西側の道路から家と家の隙間に潜り込もうとしている不審人物の姿を見逃したはずはないのだ。


わけがわからない。わけが……え？

太郎が、何か言いかけてやめた。そして、指さした。糸井の方を。

糸井？

糸井が何か、関係あるの？

え？

太郎の口が動く。声に出さずに何か言っている。

く。

ろ。

クロ？

突然、朝子が敬子の机に駆け寄り、膝をついた。

「お願い……あの人の遺体がどこにあるのか教えて。教えてくだされば、あたしはもう、何も望みません。警察にも言わない。だって言えないもの。あたしも未登録の、非合法の吸血鬼です。あなたたちと運命は一緒です。あのひとの遺体をどこに埋めたかさえ教えてくだされば……」

泣き崩れ、床に額をすりつけて朝子は懇願していた。メグはいたたまれずに朝子に駆け寄ろうとした。が、太郎が手を振って、ダメダメ、と制止する。なんでよ、太郎さん！

あたしもう、我慢の限界なのよ！

「お願いです！」

「わかったわ」

敬子は顎を突き出した。

「みっともないからそんな格好はおよしなさい。あなたも我々の種族のはしくれなら、人間の男などにそんな執着するのは恥だと思いなさい。我々は選ばれた種族なのよ。数百年を生きて、普通の、ただのくだらない人間たちには見られないものを見て、感じられないものを感じる。どんな時でも誇り高くなければならないのよ。あなたの夫だったあのみっともない男は、車で秩父《ちちぶ》まで運んで崖から谷へ放り出して来たわ。埋めるまでもない、その内に腐った死体が見つかって、連続殺人を犯したあげくに自殺した、と結論されるでしょう。殴ったのは頭だから、岩にぶつけたのと区別できないでしょうからね。さ、もう忘れなさい。どうせあなたはすでに死人なのよ。今までのことは忘れて、やり直すしかないのよ。あなたさえそのつもりなら、あたしたちと一緒に旅に出てもいいのよ。こんな、Vヴィレッジなんてところに飼われてるような、低俗なヴァンパイアとは縁を切って、誇り高き孤独を貫いて生きていきましょう」

朝子が頷いたように見えた。だがそれはたぶん、錯覚だった。朝子は、ゆっくりゆっくりと頭を上げ、膝を使って立ち上がった。

鈴が悲鳴をあげた。

朝子の手には、古風な装飾をほどこした、古い、古い回転式の銃が握られていた。

「誇り高く死ねるのならば、あなたたちも本望でしょう」

轟音と共に、銃が火を吹いた。続けてもう一発。

あまりの華麗な動きに、糸井が飛び出すのも間に合わなかった。

ぎゃぁぁぁぁぁぁぁぁっ

音にならない悲鳴がメグの耳に届いた。風の音に似た声だった。

魔法のように、敬子の姿が消え、白い煙が散った。そして鈴の姿も、白く砕けて消えた。


あとには、何も残っていなかった。


「父と母が自殺した銃です」

朝子が静かに言った。

「ペンシルヴァニアの教会にあった十字架を溶かして作られた、銀の弾が入っています。あと、二発残っています」

朝子は、ゆったりと微笑んだ。

「あのひとたちは、消えなくてはなりませんでした。そうは思いませんか?」

「まあ」

糸井が、やっと、言った。

「そう思う……な。そういうことにしよう」

「ありがとうございます」

朝子は深く、頭を下げた。

「これから秩父に参ります」

「いや、しかし……秩父っていっても広いから」

「そろそろ蘇生する頃ですから」

「……そせい?」

「あのひとは、時間がかかると思うんです。なにしろ初めての蘇生ですものね。それでももう、そろそろ一日経ちましたから」

「朝子さん」

メグは太郎の顔を見て、それから朝子の顔を見た。

「それじゃ、あなた、ご主人……を？」

「主人がどうしても、と言い張ったのです。人間のままでいては、わたしを理解することができない。お願いだからそうしてくれ、と。もちろん最初は断りました。何より危険過ぎます。普通の人間が吸血によってヴァンパイアになれる確率はとても低いでしょう？　失敗すれば死にます。それに長過ぎる寿命や様々な宿命。その苦しさがわかっているのに、あの人に背負わせてしまうことはできないと思いました。ですが……根負けしました。どうせならば、吸血鬼にとってもっとも過ごしやすい季節、夜が長い十二月になってからにしよう、と約束しました。十一月三十日のあの夜、夫はたぶん、吾妻さんに心の中で別れを告げるために彼女のところへ行ったのだと思います。生き残る確率は低く、それきりになってしまうかも知れない。だから最後に、吾妻さんへの感謝の気持ちから、薔薇の花束を贈ったのでしょう。夫は言いました。君と同じからだになれば、きっと彼女への想いも断ち切れる。僕たちはやり直せる……朔日に、わたしは夫の首を咬みました」

朝子は膝についた汚れを払い、もう一度お辞儀をした。

「秩父のどのあたりかはわかりませんけれど、蘇生していれば気持ちが通じるはずです。上空からわたしを見つけてくれるでしょう、きっと」

「じ、上空？」

太郎が素頓狂な声をあげる。

「あの、だって姫川さん、黒猫に変身できるんじゃ？　コウモリだと窓が開けられないし、でも変身していなかったら、絶対に見つからずに家の中に入ることはできなかったはずだし……」

「それが」

朝子は少しだけ困惑した微笑みを浮かべた。

「やはり普通の人間から変化した場合、ちょっと変異が起こるみたいなんですね。夫の場合、変身すると、カラスになってしまうんです」

なるほど。メグは妙に納得した。カラスは夜目がきくと言われている。しかも、風呂場の窓くらいは嘴で器用に開けられる。風呂場から中に入り、人間に戻って家の中にいた鈴に声をかけ、また風呂場に言葉たくみに連れ込まれて、ガツンと殴られて死んだわけだ。風呂場の窓を閉め、クレセント錠をかけたのは鈴。

って、わかってみればどうということもないけれど……そんなこと、想像できるわけないじゃないの！

「またいつか、どこかでお会いできるといいですね」

朝子が言った。

みんな、ただ頷いていた。咲和子すら、余計なことは言わなかった。朝子はドアを開け、店の方へと出て行った。

入れ代わりに店員が顔を突っ込んで来た。

「あの、さっき大きな音がしたみたいなんですけど、大丈夫ですか？」

「大丈夫」

糸井が、両手を広げて肩をすくめた。

「まったくぜんぜん、大丈夫」

エピローグ

「ひとつだけ、太郎さんに質問があるんです」

メグは、事務所のソファでくつろいでいる太郎の横に腰掛けた。

「どうしてあたしを裏切ったんですか？」


「は？」

太郎は目をぱちくりさせた。

「ぼくが、メグさんを裏切った？」

メグは少しむくれて言った。

「あたし、もう少しで太郎さんが犯人なんじゃないかと想ってしまうところでした。だってそうでしょ、あの状況で、あたしの目の前で均を殺せるとしたら、太郎さんしかいなかったんですもの。太郎さんはコウモリになって、家の様子を見に飛んでいきました。家の裏側はあたしの位置からではまったく見えません。それこそ、均カラスがやったみたいに、お風呂場の窓から中に入って均を殺すことは可能だったわけです」

「だって……動機がないですよ」

「そうなんですけど」

　メグは横目で太郎を睨んだ。

「でも、あたしが落とした写真をわざと拾わないでおいたでしょう？　そんなことすれば大変なことになるってわかっていたはずですよ。どうしてあんなことしたんですか？　あの時、撤収は太郎さんにお願いしましたよね。床に写真が落ちていたのならば、太郎さんが気づかないはず、ないんです」

「ぼく」

　太郎は、びっくり眼でメグを見たまま言った。

「拾いましたよ。写真」

「だって！」

「ちゃんと拾って、あなたのデイパックの、背中のポケットに入れました」

　二人は数秒間、見つめ合った。それからメグは、走って机に飛びつき、デイパックの背中のポケットを開け、掌を突っ込んだ。

　四本の指の先が、ポケットの底から一斉にのぞいた。

「買い替えた方がいいですね」

太郎は言って、コーヒーをすすった。

「お金、ないんです」

メグは言って、大きくひとつ、溜息をついた。

「何か忘れているような気がしていたんですけど、今、思い出してしまいました……今回のバイト料なんですけど、あの、依頼者がカラスになってしまったもので……」

「デイパック、ぼく、プレゼントします」

太郎はにこにこしていた。

「印税入るんです、来年の二月末ですけど」


嬉しいけど。

メグはちょっとだけ、切実に思う。

もう少し早くプレゼントしてくれないかな。せめてその……お年玉で。

あとがき

この作品の世界は、かなり風変わりです。現代の日本に酷似してはいるのですが、ある種のパラレル・ワールドであり、この世界では、吸血鬼、の存在が、ごく日常的なものとして認識されています。日本のどこか（場所については、政府の最重要機密事項です！）にある《Vヴィレッジ》と呼ばれる村に、吸血鬼たちはそれなりに平和な、しかし閉鎖された社会を築いています。そしてたまには、その村から出て、ごく普通のこの国の社会で生活する吸血鬼もいます。この物語の主人公メグも、Vヴィレッジ出身の吸血鬼。でもこの作品はホラー小説ではありません。明るく楽しく、気軽に読めるコージー・ミステリーなのです。ですから、怖いものは嫌い、血は嫌い、という方でもご心配には及びません。仕事や勉強の合間に、ちょっと肩の力を抜いて読んでいただける、そんな物語です。

この作品を気に入っていただけて、Vヴィレッジやメグ、それに糸井刑事についてもっとお知りになりたいと思われた方は、『Vヴィレッジの殺人』（祥伝社文庫）を、ぜひどうぞ。糸井刑事の哀しい恋の物語がちょっと萌えどころ（笑）のミステリーです。

さて、ここでお詫《わ》びがございます。この作品は、原書房より単行本として刊行されたものに、最低限の加筆訂正をして文庫化いたしました。その際、原書房版の方に、私の無知と不勉強から、誤解に基づいた不可解な表現があることが判明いたしました。これはまったく、わたしひとりの責任によるものでして、原書房の関係者および担当の石毛氏には、深く深くお詫びいたします。原書房版をお買い上げの皆様、本当にごめんなさい。心優しい読者の方々は、誤りに気づいておられたとは思うのですが、ドジな柴田のことだから、と大目にみていただいてしまったようで、文庫化まで訂正する機会がございませんでした。と、長々とお詫びを書いているのですが、実は本編のネタバレとなる危険があるため、具体的な事柄についてはここでは書けません。また、物語そのものを変化させてしまうことを避けるため、本当に最低限の加筆で訂正させていただきましたので、「かなり苦しい」と、読者の皆様は苦笑されることと思います。

まったくもってお恥ずかしい限りであります。この際、わたしもVヴィレッジに逃げ込んで、一度人間をやめて出直そうかとも思います。それにしても、Vヴィレッジはいったい、どこにあるのかしら？　まずはそれを探さないとなりません。政府の最重要機密事項はどうやったら手に入れられるのか、どなたか、お知恵をお貸しくださいませ……。

２００６．11　柴田よしき

追記　メグが貯金をして何を買おうとしているのか、というご質問を、読者の皆様からいただいております。それは、内緒です。でももし、このシリーズの新作を書かせていただく機会に恵まれましたら、次作あたりでご披露できるのではないか、と思います。

解説——愛すべき吸血鬼たち

近藤史恵《こんどうふみえ》（作家）

幼なじみで、ご両親がとても厳しい友達がいた。

彼女の家では、テレビはニュース以外にチャンネルをまわしてはいけないという決まりがあり、漫画なども絶対禁止。しかも恐ろしいことに、読書も「名作」と呼ばれるものしか読んではいけなかったらしい。つまり、たとえ本でも、ミステリや軽いエッセイなどを読んではいけないというのだ。

いったいなにを思ってそういうルールを作ったのか、完全に意味不明だが、とりあえず、そこのご両親は「子供が楽しい思いをすることはいけないことだ」と考えていたようである。

そこまで極端な家も少ないとは思うが、それでも、似たような傾向はわたしの家や学校でもあった。つまりは、楽しいことや、楽をすること（不思議なことにこのふたつは同じ字で表される）はいけないことで、努力をしたり苦しい思いをすることこそ、大事なのだ、という考えである。

寝転がって漫画を読むよりも、眉間《みけん》に皺《しわ》を寄せて世界文学全集を読み終える方がえらいらしいし、たとえテストで同じ点数を取ったとしても、要領よくさっさと一夜漬けで覚えてしまう人間より、きちんと毎日こつこつ勉強する人間の方がえらいらしい（ちなみに、わたしは前者の人間で、だからいい成績を取ったときですら、「わたしって駄目だなあ」というコンプレックスが抜けなかった）。

もちろん、努力自体に敬意を払うべきだということはわかる。でも、そのせいで、楽しいことや気楽なことが、やけに軽んじられている気がするのだ。

それは、ミステリの分野でも同じだ。

この本を手にされた読者の中には、「そんなこと知っているよ」とおっしゃる方も多いと思うが、コージーミステリというジャンルがある。

多くは田舎町《いなかまち》が舞台になっていたり、都会が舞台でも、中心になるのは小さな共同体である。殺人が起こっても、どこか乾いたユーモアをまとっていて、目を覆《おお》いたくなるような悲惨な事件になったり、物語自体が青筋を立てて、なにかを告発するようなことはない。

そしてなにより、登場人物たちがみな、愛すべき人たちである。

読者もこのジャンルの小説に、人生が変わるような衝撃を受けることや、今までにない斬新《ざんしん》で芸術的な小説形態を、期待していない。ある意味、予定調和の世界ではあるけど、それがわかっているからこそ、気楽に物語に没頭することができるのだ。

どんなに現実にくたびれてしまっているときでも。

柴田よしきさんは、このコージーミステリをこよなく愛している人で、この「クリスマスローズの殺人」も、一風変わったコージーミステリである。

なんと、主人公とその仲間たちが吸血鬼なのだ。

とはいえ、主人公メグは、人を襲うこともないし、血に飢えているわけでもない。人間たちに混じって普通に生活しているし、お金に困っている。おいしいコーヒーを自分で淹《い》れて飲み、おにぎりを食べている（あまり、普通ではないものも食べているけれど……）。読んでいるうちに、彼女が特殊な存在であることを忘れてしまいそうになる。いや、むしろ自分も吸血鬼の仲間であるような気分になってくるというか……。それほど、彼女の存在は身近に感じられる。

柴田さんの作品を読んでいて、常に感じるのは、女性に対する優しい目である。

単に優しいだけではない。優しいだけならば、ほかにもそういう書き手は何人もいる。むしろ、彼女が描く登場人物は、普通よりシビアな状況で生きている女性が多い。メグだって、そうだ。離婚を経験して、仲間たちの住むVヴィレッジを出て、たったひとりで東京に出てきている。工場などのパートも経験している。

男性作家がイメージするような、最初から最後までかっこいい女の私立探偵とは違う。そういう彼女の過去は、現在のリアルな女性たちの姿を映し出しているとも言えるけれど、それだけではないと思うのだ。

彼女の描く女性たちは信じている。未来や、男たちや、なによりも自分自身を。傷ついたことのない人たちが未来を信じられるのは当たり前だ。彼女が描くのは、傷ついた人たちが、泥だらけになりながら、なおもいろんなものを信じようとする姿だと思う。

柴田さんが、自分のヒロインたちに与える辛い過去は、むしろ人を信じた勲章なのだ。もともと、信じない人は決して傷つくことはないのだから。

なんて、堅苦しいことを書いてしまったけど、「クリスマスローズの殺人」は、コーヒーを飲んだり、花を生けたりするように楽しめる、素敵でキュートなミステリである。読み終えた人はみんな、このラブリーな吸血鬼——メグや太郎や糸井たちが大好きになるだろう。

できれば、そう遠くないうちに、彼女らの物語がまた読めるように、と、願わずにはいられないのである。

柴田よしき▼著作リスト

○このリストは、2006年11月現在のものです。
○シリーズ別に分類し、作品名の前に表記した番号は、全著作の初版発行順です。
○各作品の内容については、柴田よしきホームページ(http://www.shibatay.com)内でも紹介されています。

◆Vヴィレッジシリーズ◆

30 Vヴィレッジの殺人(文庫書下ろし)……祥伝社文庫 01年11月
42 クリスマスローズの殺人……原書房 03年12月
(本書) 祥伝社文庫 06年12月

◆R-0(リアルゼロ)シリーズ◆

14 ゆび(文庫書下ろし)……祥伝社文庫 99年7月

21 0《ゼロ》（文庫書下ろし） 祥伝社文庫 01年1月
26 R-0《リアルゼロ》 Amour《アムール》（文庫書下ろし） 祥伝社文庫 01年9月
34 R-0《リアルゼロ》 Bête《ベト》 noire《ノワール》（文庫書下ろし） 祥伝社文庫 02年2月

◆猫探偵正太郎シリーズ◆……………………

7 柚木野山荘の惨劇 カドカワエンタテインメント 98年4月
（『ゆきの山荘の惨劇—猫探偵正太郎登場』と改題） 角川文庫 00年10月
22 消える密室の殺人—猫探偵正太郎上京（文庫書下ろし） 角川文庫 01年2月
32 猫探偵・正太郎の冒険Ⅰ 猫は密室でジャンプする カッパ・ノベルス 01年12月
（『猫は密室でジャンプする 猫探偵 正太郎の冒険①』と改題） 光文社文庫 04年12月
39 猫は聖夜に推理する 猫探偵 正太郎の冒険② カッパ・ノベルス 02年12月
光文社文庫 05年11月
43 猫はこたつで丸くなる 猫探偵 正太郎の冒険③ カッパ・ノベルス 04年1月
光文社文庫 06年2月
52 猫は引っ越しで顔あらう 猫探偵 正太郎の冒険④（文庫オリジナル） 光文社文庫 06年6月

◆村上緑子シリーズ◆

1 RIKO—女神《ヴィーナス》の永遠— 角川書店 95年5月
角川文庫 97年10月
2 聖母《マドンナ》の深き淵 角川書店 96年5月
角川文庫 98年3月
6 月神《ダイアナ》の浅き夢 角川書店 98年1月
角川文庫 00年5月

◆炎都シリーズ◆

3 炎都 トクマ・ノベルズ 97年2月
徳間文庫 00年11月
5 禍都 トクマ・ノベルズ 97年8月
徳間文庫 01年8月
12 遙都—渾沌出現— トクマ・ノベルズ 99年3月
徳間文庫 02年8月
24 宙都—第一之書—美しき民の伝説 トクマ・ノベルズ 01年7月

33 宙都―第二之書―海から来たりしもの　トクマ・ノベルズ　02年1月
36 宙都―第三之書―風神飛来　トクマ・ノベルズ　02年7月
45 宙都―第四之書―邪なるものの勝利　トクマ・ノベルズ　04年6月

◆花咲慎一郎シリーズ◆

8 フォー・ディア・ライフ　講談社　98年4月
　講談社文庫　01年10月
19 フォー・ユア・プレジャー　講談社　00年8月
　講談社文庫　03年8月
50 シーセッド・ヒーセッド　実業之日本社　05年4月

●その他の長編●

4 少女達がいた街　角川書店　97年2月
　角川文庫　99年4月
9 RED RAIN　ハルキノベルス　98年6月
　ハルキ文庫　99年11月

10 紫のアリス　廣済堂出版　98年7月
文春文庫　00年11月
11 ラスト・レース―1986冬物語　実業之日本社　98年11月
文春文庫　01年5月
13 Miss You　文藝春秋　99年6月
文春文庫　02年5月
15 象牙色の眠り　廣済堂出版　00年2月
文春文庫　03年5月
16 星の海を君と泳ごう　時の鐘を君と鳴らそう　アスキー（アスペクト）　00年3月
星の海を君と泳ごう（文庫化に際し分冊）　光文社文庫　06年8月
時の鐘を君と鳴らそう（文庫化に際し分冊）　光文社文庫　06年10月
20 ＰＩＮＫ　双葉社　00年10月
双葉文庫　02年12月
23 淑女の休日　実業之日本社　01年5月
文春文庫　06年3月
25 風精《ゼフィルス》の棲む場所　原書房　01年8月

光文社文庫　05年6月

29　Close to You　文藝春秋　01年10月

文春文庫　04年10月

35　ミスティー・レイン　角川書店　02年3月

角川文庫　05年10月

37　好きよ　双葉社　02年8月

38　聖なる黒夜　角川書店　02年10月

（文庫化に際し分冊）　角川文庫　06年10月

41　蛇《ジャー》（上・下）　トクマ・ノベルズ　03年11月

44　水底の森　集英社　04年2月

46　少女大陸　太陽の刃《やいば》、海の夢　ノン・ノベル　04年7月

51　激流　徳間書店　05年10月

53　銀の砂　光文社　06年8月

54　求愛　徳間書店　06年9月

●連作中・短編集……………………

18　桜さがし　集英社　00年5月

27　ふたたびの虹　集英社文庫　03年3月
　　　　　　　　祥伝社　01年9月
　　　　　　　　祥伝社文庫　04年6月
31　残響　新潮社　01年11月
　　　　　　　　新潮文庫　05年2月
40　観覧車　祥伝社　03年2月
　　　　　　　　祥伝社文庫　05年6月
47　ワーキングガール・ウォーズ　新潮社　04年10月
48　窓際の死神《アンクー》　双葉社　04年10月

●短編集●

17　貴船菊の白　実業之日本社　00年3月
　　　　　　　　新潮文庫　03年2月
28　猫と魚、あたしと恋　イースト・プレス　01年10月
　　　　　　　　光文社文庫　04年9月
49　夜夢　祥伝社　05年3月

（この作品は、平成十五年十二月、
原書房から四六判で刊行されたものです）

一〇〇字書評

切り取り線

購買動機（新聞、雑誌名を記入するか、あるいは○をつけてください）

□（　　　　　　　　　　）の広告を見て	
□（　　　　　　　　　　）の書評を見て	
□ 知人のすすめで	□ タイトルに惹かれて
□ カバーがよかったから	□ 内容が面白そうだから
□ 好きな作家だから	□ 好きな分野の本だから

●最近、最も感銘を受けた作品名をお書きください

●あなたのお好きな作家名をお書きください

●その他、ご要望がありましたらお書きください

住所	〒				
氏名		職業		年齢	
Eメール	※携帯には配信できません	新刊情報等のメール配信を 希望する・しない			

あなたにお願い

この本の感想を、編集部までお寄せいただけたらありがたく存じます。今後の企画の参考にさせていただきます。Eメールでも結構です。

いただいた「一〇〇字書評」は、新聞・雑誌等に紹介させていただくことがあります。その場合はお礼として特製図書カードを差し上げます。

前ページの原稿用紙に書評をお書きの上、切り取り、左記までお送り下さい。宛先の住所は不要です。

なお、ご記入いただいたお名前、ご住所等は、書評紹介の事前了解、謝礼のお届けのためだけに利用し、そのほかの目的のために利用することはありません。またそのデータを六カ月を超えて保管することもありませんので、ご安心ください。

〒一〇一-八七〇一
祥伝社文庫編集長　加藤　淳
☎〇三（三二六五）二〇八〇
bunko@shodensha.co.jp

祥伝社文庫

上質のエンターテインメントを！　珠玉のエスプリを！

祥伝社文庫は創刊15周年を迎える2000年を機に、ここに新たな宣言をいたします。いつの世にも変わらない価値観、つまり「豊かな心」「深い知恵」「大きな楽しみ」に満ちた作品を厳選し、次代を拓く書下ろし作品を大胆に起用し、読者の皆様の心に響く文庫を目指します。どうぞご意見、ご希望を編集部までお寄せくださるよう、お願いいたします。

2000年1月1日　　祥伝社文庫編集部

クリスマスローズの殺人《さつじん》　長編推理小説

平成18年12月20日　初版第1刷発行

著　者　柴《しば》田《た》よしき

発行者　深澤健一

発行所　祥《しょう》伝《でん》社《しゃ》
東京都千代田区神田神保町 3-6-5
九段尚学ビル　〒101-8701
☎03(3265)2081(販売部)
☎03(3265)2080(編集部)
☎03(3265)3622(業務部)

印刷所　堀内印刷

製本所　ナショナル製本

ISBN4-396-33322-6 C0193

祥伝社のホームページ・http://www.shodensha.co.jp/